어떤 사랑의 확률

(2점)

어떤 사랑의 확률

〈르점〉

어떤 사랑의 확률

이묵돌

Courage is grace under pressure.
위기에서 품격을 지키는 것이야말로 용기이다.

- 어니스트 헤밍웨이

1
연애의 확률

Q. 철수와 영희가 가위바위보를 할 때, 철수가 이길 확률은 p이다. 90p의 값을 구하시오.

(2점)

1

열람실에선 이따금 책장 넘기는 소리가 났다. 머리가 굳은 민혁이 자리에서 일어났다. 눈이 뻑뻑하고 어깨가 찌뿌드드했다. 시계는 어느덧 새벽 1시를 가리켰다. 어림잡아도 일곱 시간은 앉아서 공부만 한 셈이었다. 배가 고파 캔 커피라도 마셔야겠다는 생각에 머리를 긁었다. 미용실에 다녀온 지 석 달밖에 되지 않았는데 벌써 머리가 덥수룩했다. 어쩐지 부끄러워 후드티 모자를 푹 덮어썼다. 또 앉아 있던 자리를 주섬주섬 뒤지다 낡은 회갈색 지갑을 집어 들었다.

복도로 질질 끌고 가는 삼선 슬리퍼는 3년 전 고등학교 매점에서 5천 원이나 주고 산 물건이었다. 트레이닝복 바지는 연희동 골목 어귀의 구멍가게에서 만 원에 샀던 것이다. 허리춤에서 발목까지 쭉 삼선이 그어져 있었지만 말할 것도 없는 짝퉁이었다. 전체적으로 보면 슬리퍼와 묘하게 깔 맞춤한 느낌이 들어 촌스러운 차림이었다. 하기야 단순히 뭘 몰라서 옷을 못 입는 것과 못 입는 데 묘한 자신감이 있는 것

사이에는 미묘한 간극이 있다.

　두 달 전의 일이었다. 개강을 한 달쯤 앞둔 시기였다. 민혁의 집은 B대학 캠퍼스에서 지하철로 겨우 세 정거장 떨어진 곳에 있었다. 여느 때처럼 자기 방에 틀어박혀 있던 민혁을 향해 엄마가 들이닥쳤다. 닫혀 있던 방문이 벌컥 열렸다. 민혁은 허겁지겁하며 뭔가 숨기는 모양이었다.

　「으악, 뭐, 뭐야?」

　「우리 아들, 김민혁! 뭐 하고 있었어?」

　엄마는 웃으면서 앉아 있던 아들에게 다가갔다.

　「아, 아무것도…….」

　「아무것도 아니긴, 뭐가 아무것도 아냐? 밑에 숨긴 거 꺼내. 휴대폰 보고 있는 거 다 봤어. 빨리 꺼내. 안 꺼내? 뭘 보고 있었던 거야? 이리 내놓으라고.」

　민혁은 저도 모르게 탄식했다. 하늘이 무너져 내렸다. 하필 이럴 때 걸릴 게 뭐란 말인가? 휴대폰을 뺏기지 않으려 안간힘을 쓰는 민혁을 엄마는 손쉽게 떨쳐내 버렸다.

　「어디보자. 너 비밀번호 뭐야?」

　「그건 왜? 안 알려 줄 건데.」

　「안 알려 줘도 돼.」

　엄마는 그새 잠금 화면을 해제하고 말했다.

　「다음엔 좀 그럴듯한 비밀번호로 해라. 그 나이 먹고 생년월일이 뭐니? 생년월일이……. 어머머! 세상에, 이게 뭐야?」

「으…… 아악……. 이리 줘! 빨리!」

민혁이 발악하며 엄마에게 달려들었다. 그러나 엄마는 프로였다. 제대로 운동 한번 한 적 없는 스물한 살 아들을 침대에 메치는 일이야 묵은 빨래 개는 것보다 쉬웠다. 비록 마지막 아시안게임에서는 유도 은메달에 그치고 말았지만 말이다.

「또 이런 거 보고 있었어? 진짜 하루 이틀도 아니고.」

「아! 엄마가 무슨 상관이야? 나도 이제 대학생이라고. 어른이라니까. 왜 자꾸 내 일에 참견해?」

「어른이니까 문제지……. 엄마는 네가 야동이라도 보고 있을 줄 알았다. 솔직히 이번엔 그러길 바랐어…….」

「웃기지 마. 내가 그딴 걸 왜 봐? 부끄럽게.」

「그 나이에 선형대수학 풀다가 몇 번이나 걸리는 게 더 부끄러운 거야. 왜 공학용 계산기를 안 쓰고?」

「요즘 그런 걸 누가 써? 아빠나 쓰던 걸 줘 놓고. 요즘에 좋은 앱이 얼마나 많은데. 계산기 같은 것보단…….」

「진짜 말이나 못하면 매라도 덜 벌었을 텐데.」

엄마는 흥이 깨졌다는 듯 한숨을 푹 쉬었다.

「한 번만 더 던지면 아동 학대로 신고할 거야.」

「아동? 네가 아동이야? 아까는 어른이라며?」

엄마가 침대 시트로 휴대폰을 던지며 피식 웃었다.

「자식을 이렇게 때리는 게 합법이라고 봐? 정말?」

「어. 너같이 나이 처먹고 집에서 공부만 하는 놈은 좀 맞아도 돼. 대학 갈 때까지만 공부하라고 엄마가 말했지? 왜 말을 안 들어? 나가서 사람도 좀 만나고 그러라고. 방구석에서 이러고 있으면 나중에 결혼을 어떻게 할래? 나이 먹고 나면 너 거들떠보는 여자라도 있겠어?」

「아빠 같은 인간도 결혼했는데, 뭐……. 그리고 그거 요즘 엄청 구시대적인 발언인 거 알아? 결혼은 한낱 제도일 뿐이고. 바야흐로 인간의 자유의지라는 것은…….」

「엄마도 사람이야, 민혁아! 제발 좀 나가!!」

민혁은 엄마의 고함에 짐짓 놀랐다. 아닌 척해도 떨리는 목소리는 감출 수 없었다.

「아니, 갑자기 왜 이러시는데?」

「아이고. 엄마가 다 잘못했다. 내가 너를 잘못 키웠어. 입 다물고 공부만 하고 있었을 때 어떻게든 두들겨 패서 친구들이랑 어울리게 해야 했는데 말이야……. 지나치게 공부만 하도록 몰아넣어서, 자기 밥도 제때 못 챙겨 먹는 똥멍청이가 돼 버렸다고.」

「방금은 말이 좀 심한 거 아닌가?」

「그래서 엄마는 이제라도 잘못을 바로잡으려 해. 너 그거 아니? 사자는 자기 새끼를 벼랑 끝에서 집어 던진단다. 얼핏 보기엔 잔인하게 느껴질 수도 있지만, 어디 짐승이라고 자기 자식을 사랑하는 마음이 없겠니? 어떻게 보면 하나의 생존 전략인 거야. 이 정글 같은 사회에서 살아남는 법을 스스로 배울 수 있게끔……. 가끔은 너무 아끼는 아들도 어미 품에서 떠나보내야 할 때가 있는 법이란다. 알겠니?」

엄마는 아주 따스한 음성으로, 민혁의 머리를 부드럽게 쓰다듬으면서 말했다. 민혁은 엄마의 손길이 순간 아찔해 온몸에 식은땀이 흘렀다.

그렇게 집에서 쫓겨나온 지도 한 달이 지났다. 보증금 500만 원에 월세 40만 원의 조건으로 들어온 자취방은 벌써 곳곳에 치우지 않은 먼지가 풀풀 날리는 한편, 빨래가 시급한 옷가지들이 바닥에 널브러진 채 썩은 내를 풍겼다. 두 평 남짓한 화장실에 때늦은 곰팡이가 번성했다. 군데군데 번진 물때 위에는 나방과 파리들이 명상하며 앉아 있었다. 머리카락이 잔뜩 낀 하수관에서 수시로 냄새가 역류했으며 제때 내놓지 않은 음식물 쓰레기와 배달 음식의 잔해들이 시큼한 가스를 뿜어내는 통에 눈이 따끔거렸다.

엄마는 학교에서 도보 10분 거리에 있는 원룸으로 민혁을 쫓아냈다. 그러나 민혁은 난생처음 생긴 자취방보다 가까운 학교 도서관에 더 오래 머물렀다. B대학 중앙도서관의 자유 열람실 66번 자리는 지정석 취급을 받았는데, 민혁이 평일 주말을 가리지 않고 거기서 숙식을 해결하기 때문이었다. B대학 학생들은 매일 같은 자리에서 곯아떨어진 민혁을 애처롭게 바라보며 쑥덕거렸다.

「담당 교수가 얼마나 괴롭히면 저런 고생을 하고 있을까? 안쓰러워 죽겠네…….」

「난 절대 대학원은 안 갈 거야. 졸업 학기에는 반드시 취업하고 말겠어.」

「대단한 근성이야. 내가 저 사람 같으면 한참 전에 재떨이로 교수 머리를 내리쳤을 텐데. 저 교수가 사람이냐?」

물론 그러거나 말거나 민혁은 쌕쌕 숨을 내쉬면서 자고 있었다. 숫기 없고 지질한 남성의 전형이었지만 어떤 면에선 참 대범한 인물이었다.

2

도서관 열람실로 이어지는 복도의 전등은 딱 절반만 켜져 있었다. 걸어서 지나가지 못할 정도는 아니었지만, 오래되고 침침한 불빛이 제법 으스스했다. 민혁에게는 익숙한 풍경이었다. 열람실에서 시간 가는 줄 모르고 공부만 하다가, 배고프거나 또는 목이 마르거나 해서 시계를 보면 시침이 1시 근처를 가리키고 있었다.

그럴 때면 아무도 없는 음침한 복도를 혼자 걸어 지났다. 그리고 자판기에서 길쭉한 천 원짜리 캔 커피를 하나 뽑아 마셨다. 그러고도 배가 고플 땐 학교 후문에 위치한 편의점에 들렀다. 민혁이 편의점에 들르는 건 아주 드문 일이었다. 가끔 가서도 참치가 들어 있는 삼각 김밥 하나 또는 삶은 계란 정도를 사 먹고 올 뿐이었다.

열일곱 살, 고등학교에 진학한 뒤로 지금껏 이어져 온 민혁의 습관이었다. 자습실이든 독서실이든 대학 열람실이든 상관없었다. 마지막까지 펜을 잡고 앉아 있는 사람은 반드시 민혁 자신이어야만 했다. 끈

기인지 오기인지는 알 수 없다. 좌우지간 끝까지 버텨내는 것은 민혁이 가장 자신 있는 일, 한편으로는 자기 자신의 존재 의미이기도 했다. 몸이 편찮을 당시의 아버지는 그런 민혁의 모습이 가장 든든하고 자랑스럽다면서, 병상에 누운 채 나직이 격려해 주시곤 했다. 아버지의 오랜 말버릇이었다.

「민혁아, 너는 오로지 공부만 해라. 부모 걱정은 네 몫이 아니니까. 너한테는 절대 흔들리지 않는 정신이 있어야 해. 일단 공부하기로 마음먹었다면 절대 뒤돌아보지 마. 뒤에서 누가 부르거나 소리를 질러도, 비명을 지르면서 살려 달라고 빌더라도 동요하지 말고, 쭉 네가 하고자 하는 것만 하는 거야. 그게 부모든 친구든 선생님이든 말이야……. 」

20년 넘게 화물차를 몰고 다닌 아버지는 대개 자정이 넘어서 돌아왔다. 아파트 현관에 들어서기 전에 아들이 있는 방을 창문 너머로 몇 분이나 쳐다보다 때아닌 감기에 시달리곤 하셨다. 시킨 대로 반듯이 앉은 자세로 책상에 명치를 붙이고, 기계 같은 움직임으로 공부를 이어가는 아들의 모습. 자신을 꼭 빼닮은 소년 하나가 무한히 꿈을 향해 수렴해 가는 그 풍경이 아버지의 가장 거대한 보람이자 삶의 동기였다.

그렇게 3년을 보냈다. 민혁의 부단한 노력은 대학 입시에서 충분하고도 남을 만큼 보상받았으며, 국내에서 손꼽히는 명문대의 이른바 간판 학과에 당당히 합격할 수 있었다. 모든 것이 뜻대로 됐다. 정말이지 민혁은 교육열로 둘째가라면 서러운 나라…… 대한민국에서 가장 자랑스러운 자식으로서 스무 살을 맞이했던 것이다. 알고 보니 딱 절반만 자랑스러웠지만.

수능시험을 치르는 하루 전 날.

「난 괜찮으니까 민혁이는 오지 말라고 해.」

그렇게 유언을 남기고 아버지는 돌아가셨다. 자신의 장례식이며 사망 소식을 알리는 일들은 아들의 대학 입시가 끝난 뒤로 미룰 것을 신신당부했다. 덕분에 기숙사 생활로 고립돼 있던 민혁은 수능 당일 시험장에서 빠져나온 뒤에야 아버지의 부고를 전해 들었다.

민혁은 아버지의 죽음을 마주하고도 울지 않았다. 슬퍼할 시간이 없었기 때문이다. 상주를 보는 가운데 입학처에 보낼 자기소개서며 생활기록부 같은 서류들을 검토해야 했고, 심층 면접에서 전도유망하고 학구열 넘치는 젊은이를 연기해 내야 했다. 장례식에 온 친척들 중에는 그런 모습을 보고 「저렇게 악착같이 해 봐야 뭘 하나. 이제 알아줄 아버지도 안 계신데. 쯧쯧……」하며 다 들리게끔 중얼거리고 가는 사람도 더러 있었다. 그때조차 민혁은 뒤돌아보지 않았다. 그래서 대학생이 됐다.

'쓸데없이 옛날 생각은…….'

민혁은 다 마신 커피 캔을 구긴 뒤 분리수거함에 던져 넣었다. 대학에 합격하고도 2년이 지났지만 바뀐 거라곤 없었다. 모두가 똑같았다. 답답한 책걸상으로 이어지는 복도, 음울하게 흐릿한 백색 전등과, 새벽녘 빈속에 카페인을 채우고 돌아가는 파리한 발걸음, 철저하게 혼자가 된 기분까지. 모든 게 영원히 바뀌지 않으리라고 믿었다.

3

　민족의 대명절 한가위가 다가왔다. 쌀쌀한 바람이 불었다. 추석 당일을 앞둔 국도는 고향으로 내려가는 차들로 꽉꽉 막혔다. 엄마가 타고 있는 SUV 역시 행렬 가운데 낀 채 옴짝달싹 못 하고 있다가, 해 질 녘이 다 돼서야 안동의 큰집에 도착했다.

　「엄마, 저 왔어요.」

　민혁의 엄마가 마당 철문을 열어젖히고 들어왔다.

　「도로가 얼마나 막히던지. 오전에 출발해서 지금 도착했다니까, 참 나.」

　「그래, 우리 미경이 이제 왔나. 미희야. 너거 동생 왔다. 와가 인사해라.」

　마루 앞에 서 있던 외할머니가 말했다.

　「아이고, 오랜만이다. 언니는 언제 왔어?」

　엄마는 양손에 들고 있던 짐을 대청마루에 내려놓았다. 두 개의 짐은 적갈색 보자기와 커다란 종이봉투로 각각 포장돼 있었다. 나무로 된 마루에 내려놓는 소리가 둔중했다. 큰엄마가 말했다.

「내는 세 시간 전에 도착해뿟지. 니도 참, 서울 말씨는 한결같네. 몇 년을 봐도 적응이 안 된다 아이가.」

「아, 습관이 된 걸 어떡해.」

「이 가시나 말하는 본새 봐라…….」

「아이고, 됐다 마. 추석에 여까지 와서 싸울라 해쌌노. 민혁이는?」

외할머니가 뒷짐을 진 채 두리번거리며 물었다.

「작년이랑 똑같지, 뭐.」

엄마는 신발을 벗고 마루 위로 올라갔다.

「이번에는 추석 다가와서 연락을 아예 끊어 버리더라고…….. 은희는 왔나?」

「큰방에서 작은애랑 놀고 있지. 야야, 은희야!」

「아니, 괜찮아. 내가 들어갈게.」

엄마는 마루를 건너 안쪽 방으로 걸어 들어갔다. 큰방에 있던 은희가 엄마를 살갑게 맞았다. 뒤로 열 살 된 은희의 남동생이 바닥에 뒹굴고 있었다. 엄마가 몸을 낮춰 자세히 보니 깊이 잠들어 있었다.

「아, 이모! 이제 오셨어요? 왜 이렇게 늦으셨어요. 저 사는 곳이랑 그렇게 멀지도 않으면서.」

「내가 원래 그렇잖아. 맨날 나오는 길만 토 나오게 막힌다니까. 은희는 잘 지냈니? 사는 곳은 근처인데 얼굴을 잘 못 보네.」

「이모나 저나 바쁜데요, 뭘. 추석이랑 설날에 이렇게 얼굴이라도 보는 거죠. 저도 평소에는 알바하고 월세 내느라 바빠요.」

「언니도 참 너무하다. 하나뿐인 딸 월세 정도는 내 줘도 될 텐데.」

「안 그래도 그것 때문에 방금 싸우고 왔어요. 진짜 알바 두 개 뛰면서 뼈 빠지게 일하고 있거든요? 밴드 연습도 잘 못 나간단 말이에요. 싫으면 당장 때려치우고 취직이나 하라고 하고. 차라리 이모가 우리 엄마였으면 좋겠어요, 전.」

「그래도 다 걱정해서 하는 소리겠지. 참, 지난번에 공연 보러 못 가서 미안해. 하필이면 그때 일이 생겨서.」

「괜찮아요. 그거 개망했거든요. 건반 치는 애가 완전 말아먹어 가지고.」

「그런 건 상관없지. 어차피 너 보러 가는 건데.」

「이왕 오시는 거 잘하는 게 좋잖아요. 그땐 진짜 엉망이어서, 보여주기 민망할 정도였다니까요. 너무 짜증 나서 집어치워 버릴까 생각도 했었는데, 못 오셔서 참 다행이에요. 하하하…….」

「호호호, 그러니?」

「민혁이는 이번에도 안 왔나 보네요?」

「응, 그렇지 뭐…….」

엄마는 습관처럼 한숨을 쉬며 말했다.

「아예 연락을 끊어 버렸어, 이번엔.」

「징글징글하네요. 왜 그런대요? 다 큰 남자애가 돼 가지고.」

「그러니까 말이야. 우리 은희 반만 닮아도 좋았을 텐데. 아, 그때 만난 남자 친구는 잘 사귀고 있고?」

「아뇨. 한참 전에 헤어지고 지금은 다른 애 만나고 있어요. 그 뒤로 두 명쯤 더 있었죠.」

「바쁘게 만나고 다니는구나. 하기사 한 번뿐인 청춘이니까.」

「저도 내후년이면 서른이니까요, 하하하······.」

「너무 자주 헤어져서 힘들진 않니?」

「글쎄요, 별로 그런 건 없는 것 같은데. 잘 안 되면 어차피 다른 애 만나면 되는 거고요.」

「그러니? 어휴, 우리 민혁이는 여자한테 아무 관심도 없어서 문제인 데. 난 우리 아들이 '제 여자 친구예요' 하고 소개해 주는 거 한 번만 보 는 게 소원이야.」

은희는 별안간 눈이 휘둥그레져서 물었다.

「걔 벌써 스물세 살 아니에요? 민혁이 아직도 모솔이에요?」

「스물 두 살이야.」

「곧 군대도 가야 되잖아요.」

「그렇지. 본인은 나중에 가도 된다고 하는데.」

「와, 큰일 났네. 이모, 남자애들 모솔로 군대 갔다 오면 다 바보 된단 말이에요. 아, 그러니까 제 말은······.」

「무슨 말인지 알아. 그런데 어쩌겠니? 내가 뭐 누구랑 만나라고 정해 줄 수도 없고. 그냥 내 아들이다, 하고 믿고 기다리는 수밖에 없지. 내 생각엔 숫기가 없어서 그래, 숫기가. 나이가 좀 더 들면······.」

「아니에요! 지금 그거 진짜 심각한 거예요. 어떻게든 조치를 취해야 죠. 숫기고 나발이고 애초에 동선 자체가 그렇잖아요. 학교랑 도서관 이랑 집만 오가는데 어떻게 여자를 만나요? 확률상 불가능하다니까요. 거의도 아니고, 아예. 완전. 절대로!」

「그렇긴 한데, 애가 동아리도 하나 안 하려고 하잖아. 음악을 좋아하니까 너처럼 밴드 같은 거라도 해보라니까 취향에 맞는 게 없다 그래. 자긴 악기도 만질 줄 모른다고. 진짜 공부 말곤 너처럼 하고 싶은 것도 없어 보인다니까. 안 그래도 공대에는 여학생도 거의 없다더라.」

「이모. 들어 보세요. 연애를 한 번 해 본 것과 아예 안 해 본 건 엄청 큰 차이예요. 아시잖아요? 뭔가를 사랑하는 방법을 알고, 사랑받는 경험을 해 본다는 거 자체가 인간으로서의 성장에 큰 기여를 하는데. 나이가 내년이면 벌써 스물네 살인 놈이 짝사랑 한 번 안 해 봤다는 건 문제가 큰 거예요. 생각하시는 것보다 훨씬…….」

「내년이면 스물세 살이야. 지금 스물두 살이라니까.」

「그런 건 중요하지 않아요.」

은희는 딱 잘라 말했다.

「엄마로서 할 수 있는 게 있고 없는 게 있는 거 같아. 어느 날 갑자기 애가 확 바뀔 수도 없는 거고. 신경 써 봤자 나도 스트레스고. 이제는 잠자코 있는 게…….」

「바뀌는 건, 마음에 드는 여자애가 있으면 알아서 바뀐다니까요? 어떻게든 실질적인 조치를 취해야죠.」

「어떤 조치를 취해야 되는데?」

「그야 확률을 높여야겠죠. 또래 여자애들이랑 마주칠 기회 자체를 많이 만들어야 해요. 접점을 늘리는 거예요. 가장 좋은 건 곁에 조언해 줄 만한 또래 여자애가 있는 건데. 그것도 사실은 누가 대신 해 줄 수 있는 게 아니라서. 참, 어떻게 방법이 없네요…….」

엄마는 인상을 조금 찡그리면서 몇 초간 고민한 다음 은희를 쳐다봤다. 그리고 아주 조용히 비밀스러운 얘기나 하려는 듯 속삭이는 것이다.

「은희야, 나한테 생각이 하나 있는데…….」

「네, 얼른 말씀하세요. 이모.」

은희가 고개를 끄덕이며 대답했다.

2
관계의 사칙연산

Q. 좌표평면에서 세 직선 y=x와 y=3x및 x=4로 둘러싸인 영역의 넓이를 구하시오.

(2점)

4

「말세야, 말세. 정말 세상이 어떻게 되려고 이러는지…….」

「미안한데 다 들리거든? 진짜, 우리 아빠 큰집에 엄청 더러운 돼지우리가 하나 있단 말이야. 너 돼지우리 가 본 적 있어?」

마스크를 쓴 은희가 자취방 화장실에서 걸어 나왔다. 민혁이 대답했다.

「아니, 없어.」

「그럼 좀 가 봤으면 좋겠어. 왜냐면 거기가 네 방보다 훨씬 깨끗하거든. 넌 돼지들한테 배울 게 참 많을 것 같은데.」

「나는 매일매일 배우고 있어. 멍청한 너랑 다르게……. 아! 왜 때리냐고. 아프다니까!」

민혁이 말하는 도중 한 대 얻어맞은 뒤통수를 부여잡았다.

「멍청한 건 너야. 이런 방에 어떤 여자가 오고 싶어 하겠냐?」

「여자가 왜 와야 하는데? 난 어차피 집에 잘 오지도 않아.」

「제발 좀 와. 제발 와서 청소 좀 해. 청소하고 살아야 인간이 깨끗해진다고. 네가 그렇게 추레하게 입고 다닐 수밖에 없는 이유가 뭔지 알아? 네 방이 이 모양 이 꼴로 더러워 처먹었기 때문이야! 세상에. 여자들이 제일 싫어하는 게 더러운 건데…….」

「여자들 방이라고 다 깨끗한 건 아니잖아?」

민혁은 기어들어 가는 소리로 대꾸했다.

「어, 깨끗해. 너에 비하면 비교하는 게 실례일 정도로 깨끗해. 그리고, 원래부터 더러운 사람이라고 더러운 걸 좋아하겠냐? 오히려 반대지. 사람은 자기한테 없는 걸 가진 사람한테 호감이 가는 법이니까. 이 멍청한 놈아. 네 몸에 걸친 옷에서 무슨 냄새가 나는지 알아? 집을 무슨 쓰레기장으로 만들어 놨어.」

「그딴 게 뭔 상관이야. 내가 못 맡으면 되는 거 아냐?」

「진짜 맞는 말만 골라서 하는구나. 처맞는 말.」

「그리고 내 관점에선 여자들이 지나치게 깔끔 떠는 거야. 난 이렇게 살아도 건강에 아무 지장 없거든.」

「응, 아니야. 지장 있어. 네가 모르는 것뿐이지. 그리고 여자들은 주위 위생 상태에 따라서 몸 상태가 확확 바뀐단 말이야. 남자에 비해 몸도 약하고, 면역력도 쉽게 떨어지니까. 더러운 장소에 오래 있기 싫은 건 본능적인 영역인 거지……. 야! 가만있지 말고 여기다 물 받아서, 저기 곰팡이 있는 데다 문질러서 지워.」

「곰팡이를 어떻게 솔로 지워?」

「아, 하라면 해!」

은희가 고함쳤다. 그러자 민혁은 멋쩍다는 듯 머리를 긁적거리면서,

고무 대야를 들고 화장실로 들어갔다. 민혁이 지나간 자리를 자세히 보니 하얀 가루 같은 것이 흩뿌려져 있었다. 비듬이었다. 은희는 화장실에 쪼그려 앉아 있던 민혁을 지그시 바라보다가, 이내 다가가 머리를 몇 대 더 때렸다.

5

「진짜 최악의 아이디어야……. 엄마, 정말 최악이라고! 어떻게 사촌 누나를 내 옆방에 들일 생각을 할 수가 있어? 이게 말이 돼? 나한테 왜 이런 짓을 하는 거야? 언제는 내가 주체적인 삶을 살길 바란다며? 정글 속에서 스스로 살아남길 바란다며?」

「호호, 네가 옛날부터 은희 누나한테 꼼짝도 못 하는 걸 내가 알지……. 아들아, 지금은 화내지만, 나중에는 너도 이 엄마의 놀라운 결정에 뼛속 깊이 감사하게 될 거야. 은희 누나한테도 그렇고.」

휴대폰을 든 민혁의 손이 부들부들 떨렸다. 엄마는 이런 상황을 즐기고 있는 것 같았다.

「아니야, 절대 아니야. 이건 폭력이야. 내가 가만히 있을 것 같아?」

「네가 어쩔 건데? 자퇴라도 할 거야? 넌 못 해, 아들.」

「어떻게 나한테 이럴 수가 있어? 학과 수석해서 장학금까지 받아 온 아들한테? 말이 돼? 친엄마 맞아?」

「그건 맞아. 덕분에 은희한테 넉넉하게 챙겨 줄 수 있었지.」

「뭐라고?」

「누나 말 잘 듣고. 부디 옆에서 사교성도 키우고 그래서 활기찬 아이가 되길 바란다. 아, 월세는 앞으로 끊을게. 너 대신 은희한테 챙겨 주기로 했거든……. 은희가 네 알바 자리도 알아봐 줄 거야. 혹시 아니? 알바하다가 같이 일하는 여자애랑 사랑이 싹틀 수도 있는 거야. 젊음이라는 건 원래 그런 거지.」

「대체 내가 무슨 죄를 지었는데? 나한테 왜 이래?」

「죄라면 많이 지었지. 이십 대 초반씩이나 돼서 하루 종일 도서관에 처박혀 있는 너는 범죄자야. 엄마 속 썩이지, 매일같이 손주 걱정하는 할머니 수명도 단축시키고 있지……. 이것보다 더한 범죄가 있니?」

「엄마는 미쳤어.」

「난 얼마든지 미친 엄마가 될 수 있어. 아들을 위해서라면 얼마든지……. 하여간, 은희 누나는 대학 다닐 때도, 그 뭐냐, 요즘 애들 쓰는 말 뭐 있지? 아 맞다, '인싸'였어. '핵인싸'였다고. 그런 누나가 옆집에 살면 너도 '아싸'는 벗어나겠지? 응? 우리 아들. 다음 설에 어떤 모습으로 올지 기대하고 있을게. 믿는다, 아들!」

「어, 엄마! 엄마……?」

민혁은 급박하게 다시 전화를 걸었지만 엄마는 받지 않았다. 한 번더 걸자 아예 휴대폰이 꺼져 있었다. 연락 두절이라는 게 이렇게 기분더러운 일인 줄은, 반대 입장이었을 땐 미처 몰랐던 사실이다. 생각해보면 정말 많은 일들이 그랬다.

6

「짐은 이게 다지? 진짜 이게 뭐 하는 짓인지 모르겠네…….」

「뭐 하는 짓이긴. 예쁘고 착한 사촌 누나가 인간 사회 적응에 도움을 주겠다는데.」

은희가 휴대폰 화면을 쳐다보면서 대꾸했다. 민혁은 땀을 뻘뻘 흘리며 방바닥에 주저앉았다.

「왜 하필이면 난데? 왜 다 큰 사촌 동생 방에 얹혀사는 거냐고?」

「애 말하는 것 좀 봐. 얹혀살긴 누가 얹혀살아? 나는 엄연히 너희 엄마한테 돈 받고 일하는 거거든? 필요에 의해 잠깐 여기 살기로 한 거고.」

「참 나, 세금은 내고 있고?」

민혁이 빈정거리자, 은희는 시선도 주지 않고 발길질을 했다. 민혁은 이내 정강이 윗부분을 부여잡고 장판에 뒹굴었다.

「야, 김민혁! 짐 하나 더 남았대. 내려가서 들고 와.」

엎혀사는 것도 모자라서 이삿짐까지 나한테 다 맡기다니. 너무하다는 말이 입 밖으로 나올 뻔했지만, 이번에도 민혁은 속으로만 구시렁댔다. 또 맞을까 봐 두려워하는 자신이 싫었다. 건물 1층에는 용달 아저씨가 커다란 악기 가방을 트럭에서 내려놓고 있었다.

「아이고, 이거 무슨 악기라고 조심히 다루라던데. 엄청 무겁네요……. 조심히 들고 올라가요.」

네, 라고 대답하고 민혁은 낑낑대며 악기를 들고 계단을 오르기 시작했다. 짐 정리는 몇 시간 동안 이어져 저녁 무렵에야 끝이 보였다. 은희의 짐 대부분은 옷가지였는데, 기껏해야 활동하기 편한 옷 세 벌 정도를 돌려 입는 민혁으로선 이해되지 않는 부분이었다.

「당연히 이해가 안 되겠지. 대학생씩이나 돼서 나다니지도 않고 학교에만 처박혀 있는 놈이니.」

「뭔 개소리야. 학생은 학교에 처박혀 있는 게 당연한 건데.」

민혁은 다소 삐기는 투로 받아쳤다.

「그런 말 하는 건 학생이 아니라 교감 선생님이지.」

「아무튼, 정리는 대강 끝난 거지?」

「음, 맞다. 여기 밑에 서랍은 내 속옷 정리함으로 쓴다. 나 없을 때 열어 보거나 하면 죽는 거야. 알겠지?」

「그딴 거 줘도 안 봐.」

「아니, 애가 왜 이렇게 긴장감이 없어? 다 큰 여자가 네 집에 기어들어 오는데. 이성적인 긴장 같은 게 전혀 안 되냐?」

은희가 어처구니없는 표정으로 되물었다. 민혁이 코웃음 쳤다.

「여긴 내 집 아니야. 그냥 잠만 자는 곳이지.」

「여기서 잠을 자긴 해?」

「이틀에 한 번 정도는 그렇지.」

「이틀 동안? 어디서?」

은희가 재차 물었다.

「도서관에서.」

「웃기지 좀 마.」

「진짜 그런데.」

민혁이 냉장고 문을 열며 대꾸했다.

「어차피 곧 알게 되겠지만……. 맞다. 물 없었지?」

「세상에, 이틀이나 도서관에 처박혀 있는 애가 어디 있어? 네가 무슨 대학원생이야?」

「대학원생들 욕하지 마. 불쌍한 사람들인데.」

「그러니까. 걔네는 대학원 다닌다고 하면 이해라도 되지. 너는 왜 그렇게 공부를 못 해서 안달이야? 따로 준비하는 시험이라도 있어?」

「없어, 그런 거.」

「그럼 왜 하는 건데? 공부가 재밌어?」

「응, 재밌어.」

「뭐가 재밌는데?」

「수학이 특히 재밌지. 그냥 하다 보니 재밌어졌어. 어렸을 때부터 잘하기도 했고.」

웩, 하고 은희는 정말로 헛구역질을 했다.

「그딴 걸 왜 재밌어하는 거야? 팔 좀 잘라 봐도 돼? 어차피 몸통 한쪽은 기계로 돼 있을 것 같은데.」

「정해진 대로 했을 때 정해진 값이 딱 나오는 게 좋아. 내가 한 계산이 맞아떨어지면 기분이 좋아져.」

「너 진짜 이상한 놈이다. 너도 알지?」

「왜 남의 취미 가지고 그래?」

「아, 됐고. 그거 말고 다른 취미는 없어?」

「딱히 없는데.」

「아하, 이제 있어야 할 거야.」

은희는 순간 섬뜩한 억양으로 말했다.

「무슨 소리야?」

「무슨 소리긴, 앞으로 네가 쓸 돈은 네가 벌어야 한다는 거지. 엄마랑 전화 통화 한 거 아니었어? 앞으로 너한테 가던 거 다 나한테 주기로 하셨는데.」

「듣긴 들었는데. 안 그럴 거야, 엄마는. 항상 말만 그러시지.」

민혁이 눈썹 한쪽을 쓰다듬으며 대답했다.

「흠, 이번에도 그럴까? 네가 방구석 폐인 될까 봐 걱정을 오래 하신 모양이던데.」

「나는 엄마를 잘 알아. 엄마는 그런 사람이니까.」

민혁은 엷은 미소를 지었다. 다만 나는 ~를 잘 알아, 같은 말은 항상 결정적인 순간에 와서 어긋나곤 한다. 그 말대로 민혁은 엄마라는 사람에 대해 대체로 잘 알고 있는 편이었지만, 당연하게도 전부는 아니었다. 민혁이 엄마에 대해 모르고 있는 부분이란 아이러니하게도 민혁 자신에 관한 소재였다. 아무렴 민혁은 엄마가 하나 남은 가족을 얼마나 아끼고 걱정하는지는 가늠할 수 없었던 것이다.

7

머잖아 민혁은 생활고를 겪기 시작했다. 물론 민혁이 겪는 생활고란 잠잘 곳이 없거나 끼니를 해결하지 못하는 수준은 아니었다. 이를테면 버스로 두 정거장 걸리는 거리를 걸어서 움직인다든가, 머리는 이틀에 한 번씩만 감는다든가 하는 것이었다. 없으면 없는 대로 공부하면 되는 것이지, 용돈 없이 못 사는 놈은 아니라고 굳게 믿었다.

그러나 민혁은 실로 중차대한 경제적 문제 상황에 봉착하고 말았다. 정신을 차린 새벽 1시의 도서관에서 캔 커피 하나 사 먹을 동전이 없다니……. 그야말로 더할 나위 없이 비참한 상황이었다.

그까짓 캔 커피 안 마시면 그만이지, 라는 생각은 채 이틀을 지나지 못했다. 생각해 보면 얼마나 많은 '그까짓 것'들이 우리의 삶을 지탱하고 있는 것일까? 사라지기 전까진 미처 알 수 없는 것들투성이었다. 하필 사람처럼 복잡다단한 생물로 태어날 게 뭐람. 민혁은 결국 아르바이트를 구하기로 마음먹었다.

「아무튼, 편의점 알바는 안 돼. 절대 안 돼.」

은희가 손사래를 치며 말했다. 민혁은 다소 억울하다는 듯이 대꾸했다.

「안 되고 나발이고, 누나가 추천한 카페 알바는 다 떨어졌다니까?」

「옷차림을 꼭 거지처럼 하고 가니까 그렇지! 아니, 거지도 너보단 나아. 노숙하시는 분들도 너보단 자주 씻을 테니까.」

「왜 갑자기 막말이야?」

「제기랄, 아무튼 편의점 알바는 안 돼.」

「선택지가 없잖아. 그거 말고는 할 수 있는 게 없는 것 같은데…….」

「과외나 학원은?」

「이 근방에는 없어. 게다가 과외는 아는 사람 통해서 구하는 게 국룰이라.」

「맞아. 누군가를 가르치려면 학문 이전에 인간이 돼야지.」

은희가 고개를 가로저었다.

「편의점은 안 되는 이유가 뭐야? 직업 차별하는 거야?」

「아니! 아니야. 아닌데. 이걸 뭐라고 설명을 해야 하나…….」

「천천히 해도 돼.」

민혁은 의자에 걸터앉아 인심 쓰는 체 했다. 은희는 그런 민혁과 마주 앉아 생각에 빠졌다. 1, 2분쯤 지났을 무렵 은희가 다시 말을 꺼냈다.

「핵심은 이거야. 사람을 만나기 위해선 사람이 있는 곳으로 가라.」

「좀 더 알기 쉽게 설명해 줄 수 없어?」

「민혁이 넌 네가 아직도 연애를 못 하는 이유가 뭔 거 같아?」

「하고자 하는 의지가 별로 없어서?」

「연애하기 싫어?」

「아니, 딱히 하기 싫다기보다는.」

「네가 잘 모르는 거니까, 자신이 없으니까, 포기하는 거 아냐?」

「여자에 관심이 없는 걸 수도 있지.」

민혁은 둘러대듯이 말했다.

「웃기고 있네……. 네 컴퓨터 하드디스크 용량이 비정상적으로 많이 차 있던데. 게임도 안 하는 놈이 말이야.」

「아! 왜 남의 컴퓨터를 함부로 만지고 그래? 누나 미쳤어?」

돌연 민혁의 얼굴이 화끈해졌다.

「다행히 성적인 취향은 파악하지 않았으니까 안심해, 하…… 별로 알고 싶지도 않지만.」

은희는 뺨에 손등을 가져다 대며 짓궂게 말했다.

「집어치워.」

민혁은 의자를 휙 돌려 은희를 등졌다. 단단히 삐진 목소리였다.

「아주 좋아. 그게 네 나이 남자애들의 지극히 정상적인 반응이거든. 난 네가 그 나이 되도록 자위도 한 번 안 해 봤으면 어쩌나 했다니까. 막 어른이 된 애들은 넘치는 에너지를 주체하질 못해서 별의별 짓거리를 다 해. 물론 너같이 그 한창때의 힘을 공부에 다 꼬라박는 인간은 거의 없지만.」

「그만하고 본론만 얘기해.」

별안간 은희가 목소리를 쭉 내리깔고, 진중한 자세로 입을 열었다.

「그래. 내 얘기해 주지. 잘 들어. 연애를 못 하는 이유는 크게 두 가지야. 첫째는 자존감이지. 스스로가 어떤 사람인지도 모르고, 어떤 매력을 갖고 있는지도 모르거든. 말하자면 자기 객관화가 안 된다고 해야 할까? 그래서 무슨 행동을 하든지 다 어색해. 물론 혼자서 하는 일들은 잘하지. 방에 처박혀서 게임을 하든, 공부를 하든, 책을 읽든, 음악을 듣든 간에. 그런데 누군가 자신을 지켜본다는 기분이 들면 모든 것들에 긴장을 하게 되는 거야. 바깥에 지나다니는 사람들이 다 나를 이상하게 쳐다볼 거라는 피해망상에 시달리고, 뭘 잘해야겠다는 생각보단 실수하거나 바보같이 보이지 말아야겠다는 생각에 늘 얽매여 있어. 그런 애들이 이성 앞에 서면 어떻게 되느냐? 말 한마디 못 꺼내는 건 귀엽기라도 하지. 자기가 무슨 말을 하는지도 모르고 막 내뱉다 보면 어느새 평가가 끝나 있다고. 사람은 몰라도 이성으로서는 완전히 탈락인 거야.」

「그래도 잘 대해 주고 그러면 호감이 생기지 않아? 사람이 좋다고 생각되면 이성으로서도…….」

「아니, 완전히 달라. 그게 남자들이 여자들에 대해서 가장 크게 착각하는 건데……. 여자들이 착한 남자보다 나쁜 남자를 더 좋아한다는 거 말이야. 근데 그건 앞뒤가 바뀐 표현이지. 소위 말하는 착한 남자들은 자기 매력이 뭔지 몰라. 자존감이 낮으니까. 그래서 그 나머지 부분을 선물이나 배려심처럼 그저 잘해 주는 것으로 메꾸려는 경향이 있지. 그야 여자 입장에서도 하루 이틀은 좋아. 밥 사 주고, 영화 예매해 주고, 깜짝 선물까지 사다 주니까 얼마나 좋아? 그런데 그런 건 오래 못 가거든.」

「왜? 뽑아 먹을 만큼 뽑아 먹어서?」

「아니. 남자의 **의도**를 알아차리기 때문이야.」

「의도?」

민혁이 어리둥절해하며 재차 물었다.

「그래, 의도. 상대 여자에게 무작정 잘해 줘서 한없는 죄책감을 심어 주는 작전이지. 이런 관계가 지속되다 보면 여자는 남자를 사랑해서가 아니라 왠지 미안해서 곁에 머물게 되지. 웃기지 않아? 그저 잘해 주기만 하면 된다고 생각하다니. 사람 대 사람으로서 자기가 얼마나 매력적인 사람인지, 사랑할 만한 사람인지를 매일같이 증명하는 대신에 말이야. 어쩌면 이런 게 악순환이지. 남자 입장에선 그렇게 잘해 줬는데도 여자가 떠나가니까 지치고 자신감도 없어지는데, 여자는 단순히 잘해 주는 사람 대신 인간 자체가 매력적인 사람을 찾아 떠나 버리니까. 요컨대 나쁜 남자를 좋아하는 게 아니라…… 매력 없고 착하기만 한 남자를 무지 싫어하는 것뿐이야. 덜 착하다고 나쁜 인간이 되는 건 아닌데도!」

흠, 하는 소리와 함께 민혁은 두 검은자위를 대각선으로 치켜떴다. 또 거뭇거뭇한 턱을 매만지며 생각에 골몰하는 시늉을 해 보였다. 왠지 그렇게 해야 할 것 같은 기분이 들었다.

「알았어. 두 번째는 뭔데?」
「나머지는 환경이야. 고립된 생활환경이지. 여자한테 관심은 있는데 연애를 못 하는 인간들을 보면 대체로 그래. 일상생활에서 여자들이랑 마주칠 기회 자체가 드물거든. 너같이 도서관에 처박혀 있기만 하는 놈은 말할 것도 없고. 하루의 대부분을 일이나 공부 또는 게임에 쏟는 주제에, 여자들이 자기를 바라봐 주지 않는다고 불평만 해 댄다니까. 뭔가 개선해 볼 생각은 하지도 않고 '이번에도 솔로 크리스마스네, 흑흑' 같은 게시물이나 인터넷에 써 대는 거라고. 그러면 누가 먼저 말이라도 걸어 주나? 청승 떠는 것도 정도가 있지. 하루 이틀도 아니고…….」

은희는 지긋지긋하다는 듯 깊이 한숨을 쉰 다음, 말을 이었다.

「여자 입장에서는 남자한테 먼저 말을 걸 이유 자체가 없어. 왜냐면 남자들이 먼저 말을 걸어오니까. 이건 정말 그래. 우리나라가 기본적으로 남초라서 그런 건지, 아니면 남자들이 여자보다 더 연애나 섹스에 미쳐 있어서 그런 건지는 잘 모르겠지만.」

「그건 여자 친구 없는 남자들을 문제 있는 사람으로 만드는 사회 풍토 때문이 아닐까? 누나나 우리 엄마처럼…….」

「그 부분은 인정해. 왜냐면 정말로 문제가 있거든, 그건.」

「그런 게 왜 문제가 되는데? 정말 연애를 못 하는 게 아니라 안하는 걸 수도 있잖아? 나 참 어이가 없어서…….」

「안 하는 사람과 못 하는 사람은 딱 봐도 구분이 돼. 너도 나중에 보면 그럴걸? 그러니까, 연애 경험의 유무가 중요한 건 어느 정도 그 사람의 사교성을 엿볼 수 있기 때문이야. 남성으로서의 매력이 있고 없고를 떠나서.」

「연애랑 사교성이랑 대체 뭔 상관인데.」

「왜냐면, 살다 보면 연애를 통해서만 배울 수 있는 게 있거든. 나와 성격이나 가치관, 살아온 배경, 사고방식까지 모두 다른 사람과 잘 지내는 방법 같은 거 말이야. 사랑하는 사람과 마음을 주고받다 보면 어떤 말과 행동들이 사람의 관계를 발전시키거나 망가뜨리는지를 자연스럽게 배우는 거 아니겠어?」

「비약 같은데. 아주 일리가 없는 건 아니지만.」

「게다가 너는 지금 여자 친구만 없는 게 아니잖아. 학교에도 동네에도 이렇다 할 친구 한 명 없는 거 아냐? 네가 공부를 엄청나게 잘하면 뭐 해? 장학금을 받아 봤자 뭐 하냐고. 너도 조금은 알잖아. 제아무리 대단한 학교에 합격해도 함께 기뻐해 줄 사람이 없으면…….」

은희는 말하다 말고 대화를 멈췄다. '아차' 하는 탄식이 얼굴에 드러나 보였다.

「…….」

한순간에 민혁의 표정이 어두워졌다. 눈과 고개를 수그린 채로. 둔중하게 내리깔리는 무언의 슬픔이 은희의 살갗에까지 가 닿았다.

「미안해. 이런 말은 하는 게 아니었는데.」

「아니야. 괜찮아.」

민혁은 무언가 주체하지 못하는 심정으로 대답했다.

「알았어, 이제 알아들었으니까…….」

「민혁아. 내가 하려던 말은 그게…….」

「알았다니까! 시행을 늘리라는 거 아냐? 그래서 연애할 확률을 높이라는 거 아니냐고. 그러니까 비교적 젊은 여자들이 많이 오는 카페나, 뭐 그런 곳에 아르바이트를 구하라는 게 요지 아냐?」

「어, 음, 뭔가 조금 다르긴 하지만.」

「아, 뭐가 문젠데? 잠 좀 자자. 잠 좀. 아침부터 한숨도 못 잤단 말이야.」

「그래. 알았어. 이제 불 끄고 자. 그쯤이면 됐어.」

은희가 퍽 다정하게 이야기했다.

「누나 오고 나서부터 피곤해 죽겠어, 정말…….」

민혁은 말을 끝맺기 무섭게 방 한구석으로 가서 이불을 뒤집어썼다. 좀처럼 잠이 오지 않았다.

8

한동안 민혁의 구직 활동이 이어졌다. 가급적 집에서 가까운 카페, 피시방, 영화관 또는 빵집 같은 곳에서 면접을 봤다. 다만 어느 곳에서도 앞으로 같이 잘 해 보자는 연락은 받지 못했다. 처음 한두 번이야 그럴 수 있다 쳐도 나름대로 좋은 인상을 남겼다고 생각한 곳에서까지 떨어지기를 반복하자 구직에 대한 의욕이며 자신감이 눈에 띄게 낮아지고 말았다.

「당연히 용모 단정에서 걸리는 거지. 카페 같은 데는 알바를 얼굴 보고 뽑거든. 왜냐? 알바가 얼마나 잘생겼냐 혹은 얼마나 예쁘냐에 따라 매출이 좌우되니까.」

「웃기네. 얼굴이 잘생겼다고 커피가 더 맛있어지는 건 아니잖아.」

「너 바보냐? 당연히 맛있어지지. 심지어 맛없는 커피라도 호감 가는 사람한테서 받으면 맛있게 느껴지는 법이야.」

「그건 불공평해.」

민혁은 다소 풀 죽은 목소리로 대꾸했다.

「불공평한들 뭐 어쩌겠어? 그게 현실인데. 네 말대로 일을 얼마나 잘하는지가 외모에 달린 것만은 아니지. 그런데 누구라도 첫인상은 중요하게 여기거든. 말 한마디를 해도 예쁘고 잘생긴 사람이랑 하고 싶은 게 사람 심리잖아.」

「그럼 난 하고 싶어도 영원히 못 하겠네. 무슨 알바 구하기가 대학 입시보다 어려워? 포기할래, 그냥.」

민혁이 자리에서 벌떡 일어나 말했다. 동시에 은희의 머리 위로 우뚝 선 민혁의 그림자가 드리웠다.

「아냐, 잠깐만. 내가 볼 땐……. 너 키가 몇이지?」

「173인데.」

「생각보다 작네?」

「아, 왜 또 트집이야. 짜증 나게.」

「트집이 아니라.」

은희는 짐짓 다정한 투로 말했다.

「비율이 나쁘지 않아. 언뜻 보기엔 180 조금 안 돼 보이거든. 게다가…….」

「무슨 소리를 하는 거야?」

「네가 가진 조건이 의외로 나쁘지 않다는 거야. 넌 네가 생각하는 것보다 괜찮아. 관리를 거지같이 해서 그렇지. 이 거지 같은 머리띠는 대체 뭐야?」

은희가 방구석에서 물결모양 머리띠를 집어 들고 말했다. 싸구려 철에 검은색 도료를 입힌 물건이었다.

「그건 나처럼 머리 긴 사람이 이렇게 쓰는 건데…….」

「말귀를 못 알아먹는 거야, 아니면 못 알아듣는 척하는 거야?」

「무슨 소리야?」

민혁이 한층 더 멍청한 얼굴로 되물었다.

「됐어. 이건 버린다. 앞으로 이딴 건 쓰지 마. 그리고 옷 입어. 머리 깎으러 갈 테니까.」

「왜, 군대라도 보내게?」

「정 안 되면 그런 방법도 고려를 해 봐야지.」

민혁은 입을 다물었다.

은희는 사흘에 걸쳐 민혁의 외모를 리모델링했다. 먼저 어깻죽지까지 내려올 정도로 긴 머리를 깔끔하게 쳤다. 그다음엔 피부 관리실에 가서 얼굴 곳곳의 피지며 좁쌀 여드름을 제거하고, 번들번들한 피부에 알맞은 세면용 화장품이며 피부 진정 크림을 고르게 하는가 하면, 백화점과 그 주변 거리를 들쑤시면서 체형에 맞는 옷가지들을 몇 벌 사다 줬다. 물론 나중에 취직하면 두 배로 갚는 조건이었다.

「내가 볼 땐 네 피부가 가을 웜톤이거든. 그래서 밝은색보단 탁한 색이 잘 어울리나 봐.」

은희는 막 사 온 옷들을 민혁에게 갖다 대 보며 말했다.

「가을 웜이 뭐야?」

「피부 톤 얘기야. 사람마다 피부 톤에 따라서 잘 받는 색이 있고 그렇지 않은 색이 있지. 봄 브라이트나 가을 웜 같은 말 못 들어 봤어?」

「당연히 못 들어 봤…….」

「그래, 괜히 물어봤어.」

은희가 민혁의 말허리를 잘랐다.

「옷은 마음에 들어?」

「음…… 그럭저럭? 나쁘지 않은 것 같아.」

민혁은 입고 있던 회색 카디건을 벗었다. 말과 달리 얼굴에는 들뜨고 즐거운 듯한 기색이 물씬했다.

「어머, 부끄러워하는 것 좀 봐. 우리 민혁이도 가만 보면 꽤 귀여운 면이 있다니까.」

「이미 돈 주고 사 왔는데 어떡해? 마음에 안 들어도 입어야지, 뭐.」

「뭐야, 마음에 안 드는데 억지로 입는다 이거네. 그럼 환불하고 올게. 아직 태그 안 뗐으니까 지금 가서…….」

「아이, 됐어! 마음에 든다니까? 입는다고!」

「그럼 좋아.」

은희의 입가에 흐뭇한 웃음이 묻어났다.

「내일 면접하는 데까진 따라가 줄게. 나도 쉬는 날에 산책도 할 겸 해서.」

「뭐, 그러시든가…….」

민혁이 어물쩍대며 말했다.

9

  민혁이 일하기로 한 곳은 개인이 상가를 빌려 운영하는 소규모 카페였다. 카페 이름은 시나브로. 문을 연 지는 2년이 조금 넘었다. 업무의 경우 스무 평쯤 되는 넓이에 점장과 알바 한 명이 커버하는 식이었다. 카페가 문을 열었을 때부터 오랫동안 같이 일했던 알바생이 외국으로 떠나는 바람에 공석이 생긴 모양이었다. 점장이 말했다.

  「걔가 참 일을 잘했거든. 근데 이번에 워킹홀리데이인가 뭔가를 떠난다고 해서. 여기서 알바해야 하니까 가지 말라고 할 수도 없는 노릇이잖아?」

  「아, 저도 배우면 잘하니까 걱정 마세요. 꽤 잘 배우거든요. 컵들은 일단 여기에 놔둘까요? 새로 선반을 달면 거기 두는 게 좋을 것 같은데.」

  설거지를 끝낸 민혁은 두르고 있던 앞치마에 양손을 문질러 닦았다.

  「그래, 거기 놔둬……. 그런데 이건 머리 좋은 거랑은 상관없는 거야. 사소한 일에도 애정을 갖고 하는 거나, 찾아오는 손님들한테 진심으로 고마워하는 건 다른 영역이니까. 너도 일하다 보면 느낄 거야. 가장 기분이 안 좋을 때조차도 손님한테는 친절하게 대해야 하거든. 그게 제일 힘들지.」

「돈 받고 하는 일인데요, 뭐.」

민혁이 눈썹을 바짝 올려붙이며 대답했다.

카페는 대체로 한산했다. 식사가 끝난 오후에는 조금 붐볐다가, 한꺼번에 빠져나가고 나면 딱히 할 일이 없었다. 그때마다 점장은 외투를 걸치고는 - 산책 좀 하고 올 테니까 잘 지키고 있어. 무슨 일 있으면 연락하고 - 라는 말만 남기고 바깥으로 나다녔다. 장사가 시원찮으면 불안할 법도 한데 늘 여유 있는 모습이 건물주는 아닌가 의심이 될 정도였다. 나중에 알고 보니 정말 그랬다. 끝없는 친절의 원천이 자기 소유의 건물이라니. 점장의 말처럼 열심히 배운다고 될 일은 아닌 것 같았다.

한편 한가로움이 나이를 먹으면 지겨움이 되기 십상이다. 몇 시간이고 손님이 없을 때면 껌뻑껌뻑 하품을 했다. 심적으로 여유가 생기기 시작하자 이제는 지루하다 못해 잠이 올 지경이었다. 이럴 거면 하루 종일 바빠 죽는 곳으로 알바를 구할 걸 그랬나, 하는 생각도 들었다. 차라리 바쁠 땐 커피 그라인딩이며 설거지와 새로 오는 손님들의 응대, 떠나고 남은 자리를 치우는 일들에 쫓겨 시간이 금방 가곤 했던 것이다.

「정 할 게 없으면 책이라도 읽어. 그렇다고 또 뭐, 공업용 수학, 이딴 거 보진 말고. 내 눈에 보이면 다 찢어 버릴 테니까.」

은희가 말했다.

「《프로테스탄트 윤리와 자본주의 정신》은 어때?」

민혁은 농담조로 받아쳤다.

「제발 나이에 어울리는 걸 읽어. 제목만 봐도 그 사람의 열정과 낭만이 느껴지는 그런 책을 읽으라고. 당장이라도 억압돼 있던 에너지가 터져 나올 것 같은……」

「그럼 그 책밖에 없네. 지금 당장 주문해야겠다.」

민혁은 말이 끝나기 무섭게 휴대폰을 들어 온라인 서점에 접속한 다음, 책 제목 하나를 검색하곤 결제를 끝마쳤다. 책은 바로 다음 날 오후께 집에 도착했다. 은희는 《자본론》이라는 제목을 보자마자 아연실색해서, 결국은 민혁의 등을 있는 힘껏 후려갈기고 말았다.

대학가가 시험 기간에 접어들었다. 막무가내로 휴학을 밀어붙인 엄마 덕분에 민혁은 거의 모든 학생들이 바빠 죽을 이맘때에 남 공부하는 걸 먼발치에서 지켜볼 수밖에 없었다. 카페 내부의 공기는 훈훈하다 못해 답답했다. 대부분의 알바생들은 일터에서의 여가 시간을 휴대폰과 함께 보내기 마련이지만, 민혁은 그 조그마한 화면에 고개를 처박고 시간 죽이기나 한다는 것이 영 내키지 않았다.

카운터에서 가장 가까운 자리는 4인석이었다. 다른 좌석들과 달리 원목으로 깔끔하게 마감한 테이블이 특징이었다. 점장은 시간이 허락할 적마다 어느 골동품 가게에서 샀다는 그 테이블에 책이나 노트북을 올려놓고 무엇인가를 했다. 무료했던 민혁은 한 번씩 고개를 거북이처럼 내밀어 점장이 뭘 보고 있는지를 확인하곤 했는데, 책의 경우엔 대부분 자기계발서였고 노트북의 경우 순전히 영화 보는 용도로만 쓴다는 느낌이었다.

결과적으로 민혁은 책을 집어 들었다. 선택지는 많지 않았다. 은희의 강력한 권고로 공부를 비롯한 '본인에게 압박감을 주는 어떤 종류의 서적도 읽지 않겠다'는 약속을 한 참이었다. 결국 남는 시간에 문학적 교양이나 쌓아 놓자는 마음으로 《두 도시 이야기》나 《허클베리 핀의 모험》같은 외국 고전소설을 독파하기로 했다.

생각보다 꾸준하게 소설을 읽는 민혁의 모습에 은희는 기쁜 내색을 숨기지 않았다. 하기야 여태껏 다 읽었다는 책 중에 인문학 서적에 가까운 거라곤 《맨큐의 경제학》이 전부라던 민혁이었다. 이왕이면 연인 관계를 주로 다룬 작품을 읽으면 더 좋겠지만 그냥 내버려 두기로 마음먹었다. 글쎄, 사람을 다룬 고전치고 남녀 간의 사랑이 등장하지 않는 소설도 드물지 않느냐면서.

시험 기간이라고 해서 카페의 매출에 딱히 변화가 생기는 것은 아니었다. 굳이 달라진 게 있다면 대학생들의 카페 상주 경향이었다. 평소엔 친구와 잡담하거나, 시끄럽게 통화하거나, 혹은 말없이 휴대폰 액정을 내려다보다가 그만 자리를 뜨던 학생들도 그 시기에 접어들기만 하면 서로 약속이라도 한 듯 대학에서 쓰는 두꺼운 교재며 노란색 리갈 패드 따위를 늘어놓곤 공부하는 흉내를 내는 것이다. 민혁이 보기에 실제로 공부에 집중한다는 느낌이 드는 학생도 있긴 했지만 극소수에 불과했다.

'아니, 하루 종일 책 펴놓고 앉아서 노닥거리기만 할 거면 왜 카페까지 오는 건지, 맘 편하게 집에서 놀고먹고 하면 될 것을……'

속으로 투덜대기는 했지만, 사람이 없어서 축 늘어지는 것보다는 한두 명이라도 앉아 있어서 얼마간 긴장을 유지해 주는 쪽이 나았다. 점장으로서도 '카공족'이 매장 운영에 중대한 차질을 주는 것도 아니거니와 따지고 보면 카페란 인기척이 조금쯤은 있어야 된다는 의견이기에 별다른 문제는 없었다. 중간시험이 대부분 끝나고, 오후 시간대에 죽치고 앉아 있던 학생들이 하나둘 자취를 감출 무렵까지는 틀림없이 그랬다.

10

「좋은 소설이죠?」

카운터 앞에서 들려온 어느 여성의 목소리였다. 민혁은 한순간 자신의 귀를 의심했다. 계산하는 카페 직원한테 다짜고짜 좋은 소설이라니. 누가 들어도 진동벨 울리면 가지러 오시겠어요?란 말에 어울리는 대답은 아니었다.

「어, 음…… 어어…….」

민혁의 머리가 삽시간에 얼어붙었다. 적절한 대답을 찾지 못해 몇 초 동안이나 멍청한 소리를 내고 말았다.

「죄송합니다. 저, 잠이 덜 깨서……. 뭐라고 말씀하신 거죠?」

「《데미안》 말이에요.」

여자는 카운터 앞에 미동도 없이 서서 말했다.

「보려던 건 아닌데, 읽고 계신 책이 바뀌어서……. 다 읽으셨나 해서 물어봤어요. 저도 최근에 와서야 읽었거든요.」

민혁은 뒤늦게 질문의 요지를 알아차리고 말했다. 확실히 《데미안》
이라는 소설을 다 읽긴 했던 것이다. 새로 갖고 온 《위대한 개츠비》는
아직 머리말도 읽지 못했지만.

「네, 뭐…… 나쁜 소설은 아닌 것 같던데요.」

민혁이 제대로 대답했다.

「흠, 민혁 씨는 별로 재미없으셨나 보네요?」

여자는 의아하다는 말씨로 되물었다.

「으으음, 그다지 재미는 없었어요. 처음에는 잘 읽혔는데 후반으로
갈수록 좀…….」

「아, 그러셨구나.」

여자는 금방 지어낸 것 같은 반응을 해 보였다.

「전 너무 재밌게 읽었거든요. 뒤로 갈수록 읽기 힘들었다는 건 공
감이지만.」

「아, 뭐…… 제가 이해력이 달리는 걸 수도 있죠. 뭐.」

「호호, 다들 그런 거죠. 꼭 이해할 필요는 없잖아요?」

「하긴 그렇죠? 하하…….」

민혁은 어색한 자세로 머리를 긁으며 대답하고 있었다. 딱히 머리
뒤쪽이 가려웠던 것도 아닌데. 그러는 동안 여자는 진동벨을 꽉 쥐곤
총총…… 하여간 그와 비슷한 소리를 내며 늘 앉던 창가 자리로 돌아
갔다. 참 희한한 여자네. 그나저나 내 이름은 어떻게 알고 있는 걸까?

민혁은 설거지를 하다 문득 기억해 냈다. 보름 전부터 창가 쪽 자리
에 앉아 말없이 노트북을 두들기던 여자였다. 매일같이 색이 다른 후
드티를 입고 온다는 것 외엔 별다른 기억이 나질 않았다. 그렇다고 낯

선 여자의 얼굴을 빤히 관찰했다면 실례가 됐을 것이다.

그런데 어디 그게 불법이라도 된단 말인가? 얼굴 좀 보는 게 안 될 건 또 뭐냐고. 아, 아까 카운터에서 대화할 때 뭐, 라는 말을 너무 많이 하지 않았나? 하는 생각이 불현듯 들이닥쳐선 늦은 밤 침대에 누워 잠을 청할 때까지 뇌리를 떠나지 않았다. 다음 날 평소보다 일찍 카페에 출근했을 때도 마찬가지였다.

지금쯤이면 중간시험은 다 끝났을 텐데, 벌써부터 기말시험을 준비한다기엔 너무 이른 시점이었다. 하여간 아무도 모르게 민혁의 신상을 털었다거나 할 인물은 아닌 것 같았다. 카페에 몇 시간이나 앉아 있던 사람이라면 시도 때도 없이 민혁아, 잠깐 이리 와 볼래?하는 점장의 목소리를 들었을 테니 말이다.

그러나 《데미안》은 빈말로라도 잘 읽히는 책이라곤 할 수 없었다. 문학에 대해 기본적인 소양도 없어서인지, 아니면 배려 없는 번역 때문인지는 몰라도 완독까지 부단한 노력이 필요했다. 그런 지루한 글을 뭇 사람들이 인생 소설이네 뭐네 하면서 띄워 주는 것이 도통 납득이 되질 않았다.

민혁은 한참 동안 머리를 굴리다가, 여자가 다시 오면 데미안의 어느 부분이 재밌게 읽혔는지를 물어보겠노라 결심했다. 어떻게든 말을 걸고자 적당히 만든 핑계라는 건 본인도 잘 몰랐다. 그런 시절이었다.

11

여자는 일주일이 지나도록 모습을 보이지 않았다. 내색하지 않으려 안간힘을 쓰긴 했다. 다만 민혁의 얼굴을 잠깐이라도 마주친 누구라도 그의 긴장감이며 조바심, 당혹감 따위를 알아차릴 수 있었다. 더구나 눈치가 빠른 점장의 입장에선 잠자코 일주일씩이나 두고 본 것이 용할 정도였다.

「민혁이, 너 좋아하는 사람 있어? 누굴 그렇게 기다리길래 일주일 내내 안색이 안 좋아? 신경 쓰여 죽겠네, 아주.」

보다 못한 점장의 한마디였다.

「아, 아니요. 그런 건 아닌데요.」

민혁이 어물거리면서 대답했다.

「정말 아냐?」

점장은 재차 물었다. 아무렴 믿을 수 없다는 눈치였다.

「네, 정말 아니에요. 그냥 몸이 안 좋나 봐요. 감기 몸살 기운이 있는 것 같은데.」

「둘러대기는. 정말 감기면 하루 이틀 정도 쉬면 되잖아. 해열제 먹고 푹 자면 금방 나을 텐데. 아직 젊은 피 아냐?」

「아니, 쉴 정도는 아닌데. 정말 괜찮아요. 괜찮아졌어요. 정말이에요.」

「그래, 알았다.」

점장이 대답했다. 납득이 가는 대답은 아니었지만, 민혁의 말투며 표정에서부터 어떻게든 상황을 모면하고픈 기색이 역력했다. 누구나 한 번씩 좋아하는 일이 무척 부끄러웠던 시절을 지나친다. 민혁의 거짓말은 사춘기에 불쑥 자라나기 시작하는 음모나 생애 첫 술자리에서의 실수처럼 불가피한 면이 있었다.

그야 그런 사실을 이해하기까지는 오랜 시간이 걸린다. 점장은 일에 집중하지 못하는 민혁이 번거롭다는 생각이 드는 한편, 덥수룩하게 기른 턱수염을 홀로 쓰다듬으며 묘한 흡족함에 젖어 들었다. 그래도 설거지할 때 컵은 깨 먹지 말아야지, 하고 중얼거리면서.

바로 다음 날부터였다. 민혁은 출근하자마자 매장의 분위기가 바뀌었다는 걸 알아차렸다. 정작 바뀐 게 무엇인지는 저녁 시간이 다 돼서야 겨우 깨달았다.

「트랙리스트가 바뀌었네요?」

민혁은 노트북 앞에 앉아 있던 점장에게 다가가 불쑥 말을 걸었다. 점장이 두 눈을 동그랗게 떴다.

「웬일이세요? 재즈 말고 다른 거 듣자고 할 땐 귓등으로도 안 들으셨으면서.」

「글쎄, 그야 재즈라는 건 사람마다 정의하기 나름이니까…….」

점장은 태연자약하게 대꾸했다. 주위를 둘러보는 체했지만 카페 내부에 점장과 민혁 이외의 다른 손님은 없었다.

「아니, 이건 가사가 있는 노래잖아요. 완전히 다른데. 평소 듣던 건 악기만으로 연주된 거였고요.」

「목소리도 수많은 악기 가운데 하나일 뿐이야. 하긴 이 사람은 좀 특별하지만…….」

「누가 부른 건데요?」

「누군지 몰라?」

점장은 뜨악한 얼굴로 되물었다.

「네, 누군데요? 좀 익숙하기는 한 것 같은데.」

「맙소사, 요즘 애들은 정말 문제가 많구나.」

「대체 누구길래요?」

「아니, 이런 걸 못 듣고 자랐으니 불쌍하다고 해야 하나……. 너무 꼰대 같은가, 방금은?」

「누구냐니까요?」

민혁이 갑갑해 죽겠다는 말투로 거듭 물었다. 정확히 그 순간이었다. 한 곡의 음악이 끝나고 이제 막 다음 트랙으로 넘어가려던 찰나, 매장의 문이 열렸다.

……Oh my lover for the first time in my life,

오, 내 삶의 첫사랑,

My eyes are wide open.

내 눈이 휘둥그레졌어요.

살다 보면 자신의 삶이 한 편의 영화는 아닌지 의심하게 되는 순간
이 있다. 하필이면 그 시간, 그 장소에, 그런 음악에, 그런 기분에, 그
런 사람과 그런 세계가 물밀듯 들이닥칠 때. 단순히 몇 가지 일이 잘 맞
아떨어졌다, 라는 정도를 넘어서, 결국 이렇게 될 수밖에 없었던 것 같
은……. 마치 내게 주어진 시간이라는 것이 셀 수도 없이 많은 우연의
연속이 아니라, 그저 단 하나의 사건과 이야기를 완성하게끔 치밀하게
설계된 필연처럼 느껴지는, 그런 순간 말이다.

Oh my lover for the first time in my life,
오, 내 삶의 첫사랑,
My eyes can see.
내 눈이 비로소 볼 수 있었죠.

그런 순간들은 결코 치밀한 계산을 통해 만들어지지 않는다. 명확
한 기준으로 말미암아 판단될 수도 없다. 따지고 보면 현상보단 결과
에 가깝기 때문이다. 어느 영화와 같은 일들은 이미 이뤄져 버렸으며,
사람의 힘으로는 오랜 시간이 지나 깨닫는 것밖에 도리가 없다. 어쩌
면 그런 순간을 뒤늦게나마 깨달을 수 있다는 것이야말로 가장 순수
한 의미로서의 인력人力인지도 모른다. 그리고 이런 종류의 힘을 발휘
하는 데 있어 사랑과 완전히 무관했던 경우는 인류의 역사를 통틀어
단 한 번도 없다.

I see the wind,
난 바람이 보여요,
Oh I see the trees,
오, 나무들도 보여요,
Everything is clear in my heart.
내 마음의 모든 것들이 선명해져요.

민혁은 때마침 그런 순간을 맞았다. 점장이 무어라 대답하는 느낌은 들었지만 들을 수 없었다. 모든 감각이 스피커에서 흘러나오는 기타, 피아노 간주와 함께 흘러나오는 노랫소리, 멈춰 버린 시공간에 문을 열고 들어오는 어느 여자의 모습에 초점을 맞추고 있었다.

I see the clouds,
난 구름이 보여요,
Oh I see the sky,
오, 하늘도 보이네요,
Everything is clear in our world.
이 세상의 모든 것들이 확실해졌어요.

나중에 알게 된 사실이지만. 그 여자는 영영 찾아오지 않을 것처럼 굴다가 불쑥 나타나곤 했다. 민혁은 애써 태연한 척 아무렇지 않은 척을 하는 데 가능한 모든 에너지를 쏟았다. 그에 반해 여자는 그 어떤 동요도 없이 걸어와 물었다.

「음악이 바뀌었네요?」

「아, 그러게요.」

민혁은 대답과 동시에 주위를 둘러봤다. 점장은 그새 어디론가 사라졌다. 화장실에라도 간 모양이었다. 오후의 카페에는 민혁과 이름 모를 여자, 단 두 명이 덩그러니 남았다. 방해할 사람도, 도와줄 사람도 없었다. 모든 것을 민혁 스스로 해내야 했다.

가까스로 은희와 나눴던 대화를 상기하려고 애썼다. 좀처럼 은희의 얼굴이 떠오르질 않았다. 머리가 통째로 고장나 버린 것 같았다. 어째서일까? 왜 아무 생각도 나지 않는 것일까? 여자는 하필이면 지금, 하며 골몰할 시간조차 주지 않았다.

「전 바뀐 게 더 좋네요. 혹시 노래 제목 아세요?」

여자가 새롱거리는 목소리로 물었다.

「알긴 아는데…… 좀 긴가민가한데요.」

「아, 모르면 어쩔 수 없고요. 여기 아메리카노 좀…….」

「〈Love〉.」

민혁이 얼떨결에 말허리를 끊었다. 자신이 한 말에 스스로 놀랐다.

「뭐라고요?」

여자가 눈을 크게 떴다.

「〈Love〉라고요, 이 노래 제목.」

민혁이 다시 말했다. 여자는 입을 벌린 채 아, 하고 퍽 바보 같은 소리를 냈다. 민혁은 그 멍한 표정이며 목소리, 수줍게 두른 버건디색 목도리와 수수한 느낌의 트렌치코트, 계산을 위해 내민 카드와 그 손에서 나는 꽃향기까지, 그 시공간에 놓인 모든 것들이 견딜 수 없을 만큼 사랑스럽게 느껴졌다.

몇 초간 정적이 이어졌다. 여자는 가만히 선 채로 스피커에서 들려오는 소리에 귀를 기울이고 있는 모양이었다.

I feel the sorrow,
난 슬픔을 느껴요,
Oh I feel dreams,
오, 희망도 느끼죠,
Everything is clear in my heart
내 마음의 모든 것들이 선명해져요.

그사이 민혁에게는 수만 가지의 화학작용이 동시다발적으로 일어나고 있었다. 온몸의 세포가 경기를 일으켰다. 태어나 처음으로 무균실을 벗어난 아이도 그토록 격렬히 반응할 순 없을 것이다. 느닷없이 멈춰 선 여자의 거동이며 아무 말 없이 흘러 지나가는 침묵까지, 주위를 구성하는 하나하나가 민혁의 숨통을 조여 왔다. 마침내 여자가 입을 열었다.

「아, 너무 좋네요.」

「네?」

「노래도 좋은데, 노래 제목까지 좋네요.」

「아, 네.」

「다음에도 틀어 주실래요?」

「노력해 볼게요.」

「고마워요, 호호…….」

여자는 영악하게 웃어 보였다.

「그럼 이제 계산을.」

「아, 네. 다 됐어요. 드시고 가세요?」

「음, 아뇨. 테이크아웃요.」

「아하……. 네, 알겠습니다.」

민혁은 마지못해 대답했다. 머리가 아찔했다. 테이크아웃이 그렇게
무서운 단어일 줄은 미처 몰랐다. 아메리카노는 만들기 쉬운 커피였
다. 미리 갈아 놓은 커피콩을 포르타필터Portafilter에 적당히 담아 넣고,
그 위를 탬퍼Tamper로 두드려 평평하게 만든다. 그런 다음엔 에스프레
소 머신에 끼워 샷이 나오기만을 기다리면 되는 것이다. 이 일련의 과
정이 그렇게 짧고, 그래서 그렇게 야속하게 느껴진 것도 민혁에겐 처
음 있는 일이었다.

「다 됐습니다. 맛있게 드세요.」

민혁은 익숙한 솜씨로 일회용 커피 잔에 아메리카노를 부어 넣은
뒤 말했다. 여자는 카운터 옆에 놓인 컵 홀더 하나를 집어서, 잔 아래
로 받쳐 넣었다.

「네. 고마워요.」

「고맙기는요. 돈 받고 하는 일인데.」

「음. 그래요, 그럼 안녕히 계세요.」

여자가 커피를 들기 무섭게 몸을 출입문 방향으로 틀었다.

「아…… 저기요?」

민혁이 자신도 모르게 말을 걸었다. 이내 여자가 어리둥절한 표정으로 뒤돌아봤다.

「저, 그러니까…….」

「왜요?」

「그게…… 어떤 부분이 좋으셨나요?」

「뭐 말이에요?」

「책 말이에요. 지난번에 말씀하신…… 《데미안》요. 전 별로 와닿지 않아서, 다시 읽어 보려고 하거든요.」

민혁이 머뭇거리며 받아쳤다. 물론 거짓말이었다.

「아아.」

「죄송해요. 너무 뜬금없었나요?」

일주일도 넘게 지난 일을 기억할 리가 없는데, 라는 생각이 한 박자 늦게 뒤따라왔다. 여자가 말했다.

「아뇨, 그런 건 아닌데. 그건 다음에 와서 말씀드릴게요.」

「아, 네!」

I feel the life,
난 삶을 느껴요,
Oh I feel love,
오, 사랑을 느껴요,
Everything is clear in our world
이 세상의 모든 것들이 확실해졌어요.

민혁은 여자가 나간 출입문을 넋을 잃고 쳐다봤다. 당장은 본인이 어떤 얼굴을 하고, 어떤 생각을 하고 있는지도 몰랐다. 그러는 와중에 둔탁한 손길이 오른쪽 어깨를 꽉 하고 쳤다. 점장의 장난기 섞인 목소리가 들렸다.

「어이, 김민혁이, 일 안 해?」

「아, 점장님.」

「참 나, 뭐 하느라 정신줄을 놓고 사는 거야?」

「죄송합니다.」

「아까 내가 하는 말 듣기는 했어?」

「무슨 말요?」

「이놈 보게. 네가 이 노래 누가 부른 거냐고 물었잖아.」

「아, 누군데요?」

「됐어, 안 알려 줄 거야.」

점장이 삐진 시늉을 하며 발걸음을 놀렸다.

「난 화장실 다녀온다. 정신 좀 차리고 있어.」

「아, 점장님!」

「……이야!」

「뭐라고요?!」

민혁이 미간을 찌푸리며 재차 물었다.

「잘 안 들려요! 다시 말해 주세요!」

「존 레논이라고!」

점장이 소리쳤다.

3
마음의 증명

$Q.$ 좌표평면에서 원 $x^2+y^2=1$에 접하고 점 $(2,0)$을 지나는 두 직선이 이루는 예각의 크기는 $x°$이다. 상수 x의 값을 구하시오. (단, $0 \leq x < 90$이다.)

(3점)

12

「요즘같이 팍팍한 시대. 우리는 어떻게 새로운 인간관계를 시작할수 있을까?」

「자기 일이나 잘 하라고 해.」

민혁은 대답하기 무섭게 은희에게 머리를 구타당했다. 반사적으로손을 올리려 했으나 이미 맞은 뒤였다.

「기본은 그래. 내가 어떤 사람과 친해지고 싶다, 그러면 일단 많이 만나야겠지. 최대한 기회가 올 수 있게, 그 사람의 시공간을 내가 점유해야 한다고. 이걸 잘못 이해해서 스토커가 되면 최악이지만. 친해지고싶은 사람과 만나는 빈도를 늘리려는 노력은 해야 하는 거야. 알았어?」

「알았어.」

「하지만 빈도만 늘리면 되냐? 아니지. 그럼 스토킹이라는 게 다 사랑의 결실을 맺어야겠지. 빈도만 늘려선 안 돼. 만날 때마다 상대방한테 자신에 대한 좋은 인상을 남겨 줘야 한다고. 여기서 핵심은, 네가 네

스스로 생각하는 멋을 강요해선 안 된다는 거야.」

「방금 건 무슨 소린지 모르겠어.」

「음, 너 스스로가 제일 멋있다고 생각하는 모습이 뭐야? 뭘 하고 있을 때 가장 자신감이 넘치지?」

「아무래도 공부할 때지. 특히 수학 문제 풀 때. 아무나 할 수 있는 건 아니니까. 그땐 조금 멋있어 보이지 않을까?」

민혁은 자신감 있게 대답했다.

「그래, 그런 거야. 여자들은 그딴 거 안 좋아하거든.」

은희는 준비라도 했던 것처럼 곧바로 대답했다.

「왜?」

「별로 와닿지 않으니까. 물론 취향은 각양각색이지만…… 여자가 남자한테 수학 문제 잘 푸는 걸로 매력을 느낀다면, 이미 어느 정도는 마음이 있었거나 했을 때겠지. 그 자체만으로 날 이성으로서 좋아하게 만들 수는 없는 거야.」

「어딘가엔 좋아하는 사람이 있지 않을까? 우리 엄마처럼…….」

「애초에 수학 문제 잘 푸는 모습은 어떻게 보여 줄 건데? 대신 과제라도 해 주게? 그건 호구야. 호구는 절대 되면 안 돼.」

「어떻게 해야 호구가 되는 건데?」

「남자들은 호구가 되기 참 쉽지. 너처럼 표현 잘 못하고 숫기 없는 애들은 더더욱 그렇고……. 이쯤에서 문제 하나 낸다. 잘 듣고 대답해. 내가 막 스무 살 됐을 때 잠깐 편의점 알바를 했었거든? 그때 매일 점심 때마다 굳이 편의점까지 와서 끼니를 때우고 가는 남자가 한 명 있었어. 겉으로 봐선 나이가 꽤 있었던 거 같은데, 한 이십 대 후반쯤 됐나.

지금 생각해 보니 정말 양심 없는 놈이네……. 아무튼, 근처에서 회사를 다니는 건지 사원증 같은 걸 걸고 있더라고. 그런데 왜 점심을 편의점에서 해결할까? 왜 꼭 카운터가 보이는 테이블에 앉아서 날 힐끔거릴까? 그건 뻔한 거야. 호감이 있어서 그런 거지. 남자들은 자기가 관심 있어 하는 걸 여자들이 모를 줄 아는데. 그게 재밌는 부분이지. 편의점 알바가 좀 예쁘다 싶으면 함부로 작업 거는 인간이 많아. 편의점 같은 데서 일한다고 뭔가 쉬울 줄 아는가 봐. 하여간 그 남자가 그렇게 지낸 지 일주일 쯤 지났나? 그때쯤 돼서 나한테 무슨 짓을 했는지 알아?」

「몰라.」

「추측이라도 좀 해 보고 말해. 너 같으면 어떻게 할 것 같은데? 네가 자주 가는 편의점에 엄청 예쁜 알바가 있다고 생각해 보라고.」

「아무것도 안 해.」

「왜?」

「그렇게 예쁘면 당연히 남자 친구가 있을 테니까.」

「없다고 쳐. 그리고 있어도 상관없을 정도로 그 여자애가 좋아. 그럼 어떻게 할 건데?」

「글쎄, 작은 선물이라도 주지 않을까? 큰 건 부담스러우니까 작은 거. 예를 들어 캔 커피라든지……. 그러면서 은근슬쩍 반응을 보지 않을까?」

「어, 딱 그거야. 캔 커피를 주더라고. 원 플러스 원 상품에서 하나를 나한테 건네주고 가는 거야……. 근데 난 캔 커피 안 마시거든? 그래도 주니까 받긴 했지. 거절해도 계속 주는데 어쩌겠어. 알바 입장에. 웃으면서 받았어. 그러니까 그 남자는 내가 자기한테 호감이 있는 줄 안 거야. 웃기지 않냐? 하루에 몇 분 보고 대화라곤 어서 오세요, 다 합쳐서 얼마 얼마입니다, 고맙습니다, 안녕히 가세요, 밖에 없는데. 그거 보고 내가 자길 좋아한다고 생각한 거지.」

은희는 생각할수록 경멸스럽다는 어조로 말했다.

「그래서 어떻게 됐는데? 결론을 얘기해 봐.」

「그렇게 한 달쯤 더 지나서 나한테 갑자기 고백하더라고. 멘트도 다 기억나. 혹시 실례가 안 된다면 저랑 데이트하실래요? 하고…….」

「오, 제기랄.」

민혁이 식겁하는 소리를 냈다.

「갑자기? 깜빡이도 없이?」

「그러니까. 뭐, 자기 입장에선 깜빡이를 켰다고 생각했겠지만…… 표현이라는 건 상대방한테 제대로 닿았을 때 유효한 거라고. 이건 정말 기본이야. 사칙연산 같은 거지. 네가 좋아하는 수학으로 치면.」

「어. 그래서 받아 줬어?」

「내가 미쳤냐? 당연히 거절했지. 뭐 커피 한잔하자는 것도 아니고, 아무것도 모르는 남자한테 내가 왜 하루를 통째로 내줘? 여기가 미국이야? 데이트하자는 말에 얼굴 막 화끈해 가지고, 주말에 같이 놀이공원 가서 폐장할 때 키스하고 나가고……. 하여간 개 같은 로맨스 영화가 다 망쳐 놨다니까. 누가 그러냐? 같이 갔다가 내가 어떻게 될 줄 알고?」

「설마 뭔 짓 하겠어? 그냥 회사원인데.」

「그건 모르는 거야. 만나 보기 전에는.」

「흠.」

민혁은 턱을 매만지면서 고민하는 체를 했다. 이런 것보단 차라리 수학이 더 단순하겠다는 생각이 들었다.

「나처럼 예쁘다 보면 주변에 그런 사람들이 무수하게 많아. 나는 널 좋아한다, 라는 표현을 선물로 하는 사람들. 그렇게 하면 상대방이 자신한테 호감을 가질 줄 아는 사람들.」

「선물 받으면 좋지 않아?」

「좋지. 좋아하는 사람한테 좋아하는 물건을 받으면 좋아. 근데 그게 아니면, 그냥 표면적으로 좋을 뿐이지. 누군가한테 마음이 동하거나 하진 않아. 절대. 넌 학교 앞에서 누가 물티슈 나눠 주는 거 받으면 그 사람한테 호감이 생기냐? 오히려 그거랑 비슷한 거야. 깊은 고민도 없이 다짜고짜 막 던지는 선물은.」

「그럼 어떻게 표현해야 하는 건데?」

민혁은 벽에 기대앉은 채 나직이 물었다.

「누군가 좋아하는 사람이 생기면.」

「그럴 땐 그대로 말해야지. 좋아한다고.」

「그대로 말하라고?」

「당연한 거지. 말하지 않으면 누가 알겠어?」

「그렇구나.」

「그래, 좋아하는 것 자체는 잘못이 될 수 없어. 나아가서 어떤 감정이 드는 것 자체도 잘못일 수는 없지. 그게 너니까. 다만 어떤 감정을 잘못된 방식으로 표현하는 게 문제인 거야. 솔직하게 이야기하지 않고, 상대방은 생각도 않으면서, 자기가 편한 대로만 표현하는 거 말이야.」

은희는 꽤 보람 있는 대화였다는 듯, 눈을 지그시 감으며 이야기했다.

「그래. 이제 알겠어, 누나. 이제부턴 최대한 솔직하게 얘기해야겠
어.」

「우리 민혁이가 드디어 말귀를 알아듣기 시작했구나. 정말 개든 사
람이든 일단은 진득하게 가르치고 볼 일이라……」

민혁이 갑자기 은희의 이야기를 가로채고 말했다.

「배고파.」

13

어느덧 봄이 다가왔다. 겨우내 앙상했던 가로수들엔 목련과 벚꽃이 금방이라도 움터 나올 듯, 초등학교 담벼락에 키 낮은 커튼처럼 심어져 있던 나뭇가지들엔 개나리 노란색이 뜨문뜨문 묻어 나왔다.

민혁은 평소보다 일찍 출근해 매장 내부를 점검 중이었다. 카페 시나브로의 유리문 앞에는 야트막한 나무 테라스가 있었다. 원형 테이블 하나에 의자 세 개를 놓는 게 고작일 만큼 작은 공간이었다. 알바하는 입장에선 야외의 테이블과 의자들의 배열을 신경 써야 하는 데다, 적당한 시기에 차양까지 쳐야 해서 번거롭기 짝이 없었다.

야외 테라스의 장점이라면 일단 겉보기에 좋다는 것이었다. 유리 출입문 옆쪽에 바싹 붙어 있어 계산하는 카운터에 앉아 살필 수 있는 위치이기도 했다. 정오에서 오후 2, 3시가 될 즈음이면 테라스 너머로 흔들리는 나뭇가지 모양의 그늘이 드리웠다. 그 시각의 테라스를 멍하니 바라보다 보면 시골에서 살아 본 적이라곤 없는 민혁에게조차 제법 전

원적인 느낌이 들었다. 하지만 날이 풀리면서부터는 손님 하나가 거의 매일같이 테라스 자리에 앉아 대는 통에 바깥 풍경에 쉽사리 눈을 돌리기 어려워졌다. 얼마 전 새로이 알게 된 정채은이라는 여자였다.

채은은 머리가 어깨를 넘어 등줄기까지 늘어질 정도로 길었다. 얼굴형은 전반적으로 동그스름한 와중에 갸름한 곡선이 있어 보기 좋았다. 눈은 보통 크기였지만 긴 속눈썹과 세련된 눈매가 오밀조밀한 조화를 이뤘다. 옷은 매번 색이 다른 트렌치코트, 중간 길이의 치마, 그 밑에 짙은 검정 스타킹과 하얀색 양말을 겹쳐 입어 언뜻 턱시도 무늬를 한 고양이처럼 비쳐지기도 했다. 눈에 띄는 옷차림이라곤 할 수 없어도, 자신에게 어떤 매력이 있고 어떤 스타일이 어울리는지를 잘 알고 있는 사람 같았다.

민혁이 채은의 이름을 알게 된 건 정말 한순간의 일 때문이었다. 어느 날 아침 일찍 카페에 들이닥쳐서는, 주문도 하지 않고 운전면허증을 꺼내 들이밀었던 것이다. 대학 졸업 후 벼르고 벼르던 면허를 바로 어제 땄다는 말과 함께.

「음, 축하드려요. 전 아직도 면허 못 땄는데. 시험은 안 어려웠어요? 민혁은 약간 점잔을 빼며 말했다.」

「어휴, 말도 마세요. 이것 때문에 일주일 넘게 고생했거든요. 여기 와서 커피도 못 마시고……. T자 주행 같은 걸 왜 하는지 모르겠어요. 그딴 게 어느 도로에 나 있다고.」

「이름이 참 예쁘네요.」

민혁은 생각만 한다는 것이 저도 몰래 중얼거리고 말았다.

「아! 죄송해요. 보려고 본 건 아니었는데.」

「아하……. 뭐, 그럴 수 있죠. 이름 가르쳐 준다고 닳는 것도 아니잖아요?」

채은은 명랑한 투로 받아쳤다.

「저는 민혁 씨 이름 진작부터 알았거든요. 카페 사장님이 하도 부르셔서.」

「그건 그럴 수밖에 없죠.」

「그럼 이제 이름으로 불러 주는 건가요?」

「네?」

「아니, 이름을 알았는데 계속 '손님'이라고 부를 거예요? 너무하네, 정말!」

채은은 멋대로 대화를 끝내 버리곤 늘 앉던 테라스 자리로 가 앉았다. 민혁은 채은의 이름을 알게 된 것이 기쁜 한편, 갑작스럽게 너무 많은 것을 알게 돼 심정이 복잡했다.

'생각보다 나이가 많았어. 나보다 두 살이나 많을 줄이야…….'

그동안 한가로운 시간대가 지나갔다. 카페 시나브로에는 하나둘 단골손님이 찾아와 자리를 채우기 시작했다. 멍하니 채은을 쳐다보던 민혁도 이제는 본연의 업무에 집중할 수밖에 없었다. 손님은 딱 평소만큼 많았고, 평소 같은 시간대에 평소와 같은 기세로 몰려들었지만, 어쩐지 민혁은 평소보다 한결 더 바쁘다는 느낌을 지울 수 없었다. 계산대나 싱크대 앞에서도 틈만 나면 테라스에 채은이 있는지를 확인해야 했다.

채은이 민혁에게 말을 걸어온 건 저녁 시간이 지나 마감을 30분 쯤 앞두고 있을 무렵이었다. 한바탕 소란이 끝나고, 넋을 놓은 채 서 있던 민혁의 눈에 또 다른 일거리가 보였다. 다 먹은 케이크 접시와 미니 포크, 그리고 수 시간 전 따뜻한 커피를 담아 건넸던 흰색 머그잔이었다. 채은이 물었다. 해가 지고 목이 조금 잠긴 듯한 음성이었다.

「제가 전에 말씀드린 부분은 좀 읽어 봤어요? 《데미안》요.」

「아, 네. 한두 번쯤 읽었던 것 같은데…….」

민혁이 대답했다. 새빨간 거짓말이었다. 사실은 열두 번도 더 읽었으니까.

「와, 정말 다시 읽으셨구나.」

「당연하죠.」

「어때요. 제가 좋다고 한 이유를 좀 알 것 같아요?」

「글쎄요. 아직 잘은 모르겠는데…….」

민혁은 잠깐 동안 머뭇거리다가 말을 이었다.

「다시 읽어 보니까 제가 좋아진 부분은 있죠.」

「아하, 어느 부분요?」

「새는 알에서 나오려고 투쟁한다. 알은 세계이다. 태어나려는 자는 하나의 세계를 깨뜨려야 한다. 새는 신에게로 날아간다…….」

「신의 이름은 압락사스.」

말미에 이르러 채은이 끼어들었다.

「맞죠?」

「맞아요.」

「거의 달달 외우셨네요. 한두 번 읽으셨다더니.」

「제가 기억력이 좋아서요. 좋아야 하는 입장이기도 하고.」

「그래요?」

채은이 물었다.

「저도 좋아하는 부분인데. 혹시 여쭤봐도 될까요? 어떤 느낌으로 읽으셨는지.」

「어, 음, 그런 건 없는 것 같은데요. 그냥 문장이 주는 느낌이 좋았다고 해야 하나.」

「그래도 읽고 나서 드는 기분이라든가, 그런 건 있지 않아요? 저는 그 부분 읽을 때마다 가슴이 콩닥콩닥 뛰었거든요.」

「굳이 말하자면…….」

민혁은 말하다 말고 심호흡을 한 번 했다.

「그냥 자극이 좀 됐어요. 저한테 와닿는 게 있어서.」

「네.」

「나도 알을 깨고 나가야겠다. 투쟁해 보고 싶다. 하여간 그런…….」

「그럼요.」

채은이 빙긋 웃으며 말했다.

「기왕이면 당장 깨는 건 어때요?」

「…….」

민혁은 입술이 바짝 말랐다.

「아무래도 좀 그런가요?」

「아뇨, 좋아요. 채은 씨.」

가까스로 평정을 되찾은 민혁이 이어서 말을 꺼냈다.

「이번 주 일요일 시간 되세요?」

「음, 죄송해요! 저 일요일에는 많이 바빠서…….」

「아, 아니에요. 제가 죄송해요. 너무 갑작스럽게.」

「그날 썸남이랑 데이트해야 하거든요. 자주 가는 카페에서 알바하시는 분인데…… 진짜 너무 귀엽다니까요. 사진 볼래요?」

채은이 내민 휴대폰 화면엔 언제 찍었는지 모를 민혁의 사진이 떠워져 있었다. 사진 속 알바생은 애써 다리를 꼰 채 책을 읽고 있었다. 또 난생처음 마주한 세계에 대한 기대와 두려움으로 파르르 떨고 있었다. 굳이 말하자면, 이제 막 알을 깨고 나오려는 아기 새처럼…….

14

「내 그럴 줄 알았지!」

「뭔 소리야, 갑자기.」

「한 열흘 됐지. 우리 김민혁이가 난생처음 보는 얼굴을 하고 있었다니까? 뭔 생각을 하고 있는지 말을 걸어도 제때 대꾸도 못 하고⋯⋯. 누가 봐도 짝사랑하고 있는 이십 대 초반 남자애들의 표정이지? 어휴, 알면서 모르는 척하는 게 더 힘들어.」

방 안을 요리조리 걸어 다니던 은희가 이죽거리며 말했다.

「웃기고 있네. 하루 종일 집에서 헤드폰 쓰고 그 빌어먹을 기타나 퉁 졌잖아. 이제 와서 나한테 관심 있는 척은.」

「빌어먹을 기타라니. 말 다했어?」

은희가 벌컥 화를 냈다.

「베이스라니까! 몇 번을 말해야 알아듣겠냐? 귓구멍에 뭘 처박고 다 니는 거야?」

「아, 그래. 그놈의 베이스…….」

물론 민혁도 '네 줄 달린 기타'가 베이스라는 사실쯤이야 알고 있었다. 그렇긴 해도 베이스를 연주하는 뭇 사람들을 약 올리기에 이만큼 효과적인 레퍼토리도 없었다.

「아, 됐고. 서로 말은 놨어?」

「아니, 아직 존댓말 쓰는데.」

「그 여자애는 몇 살인데? 스물? 스물하나?」

「스물다섯. 나보다 많아.」

「어머!」

은희는 파안대소했다.

「왜 웃어?」

「아니, 아니야, 하하하……. 생각해 보니까 연상이 더 어울리는 느낌이긴 하구나, 네가. 숫기가 하나도 없어 놓으니.」

「그건 또 무슨 뜻인데?」

「아냐, 됐고. 일요일에 만나서 뭐 하기로 했는데? 영화?」

「아직 안 정했어.」

「안 정했다고?」

「어.」

「그걸 지금 자랑이라고 말하고 있냐?」

은희는 갑갑해 죽겠다는 투였다.」

「아, 왜? 그거야 만나서 정하면 되는 거지…….」

「이야, 내가 너 같은 인간을 안 만나서 얼마나 다행인지 몰라. 여자가 누군지는 몰라도 참 불쌍하다, 불쌍해……. 아, 그 여자애 이름이 뭐라고?」

　민혁이 대답했다.

「채은, 정채은.」

「딱 들어 보니 예쁠 것 같은 이름이네. 근데 왜 그런 선택을 한 거지? 어째서……. 」

「아, 언제까지 잡담만 하고 있을 거야? 물어본 말에 대답이나 해 달라니까! 이럴 거면 그냥 구글링이나 할걸.」

「웃기고 있네. 이미 구글링 해 봤는데 답이 안 나오니까 나한테 물어본 거 아냐?」

「그래도 보니까 대충은 알겠던데.」

「뭘?」

「예를 들면, 뭐. 웬만하면 향수라도 하나…… 뿌리고 가라든가…….」

「하하! 하하하!」

　은희는 미친 사람처럼 침대에서 뒹굴며 웃었다.

「야, 네가 무슨 맞선 보러 나가는 줄 알아? 결혼정보회사에서 유료 결제해서 나가는 거냐고? 처음부터 향수는 무슨 향수야?」

「아, 왜! 지금 세상이 어떤 세상인데……. 남자한테 좋은 냄새 나지 말라는 법 있어?」

「야야, 너 그건 알아?」

「또 뭐?」

「여자가 얼마나 냄새에 민감한지 말이야.」

「그래서 향수를 뿌리고 가겠다는 거 아냐.」

「아니, 그런 게 아니라니까……!」

은희는 민혁의 어깨를 팍 치며 말했다.

「누나가 말하면 좀 들어. 내가 연애를 해 봐도 너보다 수십 배는 많이 해 봤거든?」

「0에서는 얼마를 곱해도 0인데⋯⋯. 아야!」

민혁은 괜히 말했다가 한 대 더 맞았다.

「여자들이 냄새에 민감하다는 건, 단순히 나쁜 냄새를 싫어하고 향기로운 걸 좋아한다는 게 아니야. 여자 열 명이 모여 있으면 걔네들이 좋아하는 냄새가 다 합쳐서 5, 60가지는 되거든. 근데 싫어하는 냄새는 몇백 가지쯤 된다고. 특히 남자 향수 냄새는 여러모로 지뢰 덩어리야. 정말 잘해 봐야 본전이라고. 대개는 본전도 못 되지. 최악은 아빠 냄새 비슷한 게 날 때인데, 그런 경우엔 영화나 식사는 고사하고 그냥 빨리 집에나 가고 싶다는 생각이 들어. 정말 그렇다니까.」

「아빠 냄새는 왜? 익숙한 냄새가 나면 좋은 거 아닌가?」

「애 좀 봐? 너는 상대편 여자애한테 엄마 냄새가 나면 거기 집중이 되겠냐? 상대가 연애 가능한 이성으로 보이겠어?」

「못 볼 것도 없을 것 같은데. 난 엄마 냄새 좋아하거든. 아빠 냄새라고 별다를 게 있나?」

「응, 여자애들이라면 하나씩은 있을걸. 아빠 냄새가 두려운 이유가, 하여간 있어. 그런 게. 그렇게 알고만 있으면 돼. 나중에는 자연스럽게 알게 될 거야. 네가 썩 괜찮은 여자 친구를 만나게 되면 알게 되겠지.」

「무슨 말인지 모르겠어.」

「향수는 뿌리지 말라고.」

「그냥 무난한 거라도 추천해 줄 수 없어?」

「어, 안 돼. 말한다고 네가 알아듣겠냐?」

「못 알아들을 건 또 뭔데?」

「그럼 '오드투알레트'가 뭔지 알아?」

「뭔데, 그게? 프랑스 향수 브랜드야?」

「아, 집어치워! 너는 향수 뿌리지 마. 안 뿌려도 돼. 민혁이 너 목덜미 좀 봐 봐. 이리 와, 이리 오라니까?」

은희는 민혁의 멱살을 잡고 당겼다. 그러고는 목 뒤쪽의 냄새를 슬쩍 들이마신 다음, 다시 말을 이었다.

「역시. 너한테는 이상한 냄새는 안 나. 며칠 묵은 옷을 입는 것도 아니고, 샤워를 일주일에 한 번 하는 것도 아니고, 세제나 섬유 유연제 없이 빨래를 돌린 것도 아니야. 하여튼 향수로 가려야 할 만큼 혐오스러운 냄새는 안 난다고. 나랑 같이 사니까. 적어도 홀아비 냄새 걱정은 없다는 거지. 그러니까 감사하란 말이야. 만약 그랬으면 온몸을 페브리즈로 샤워하고 나가야 했을 테니까.」

「괜히 도박할 바에야 안 하는 게 확률상 낫다는 거지?」

민혁은 다소 호의적인 말씨로 되물었다.

「그럼. 이제야 좀 대화가 되네. 앞으로 영원히 향수를 뿌리지 말라는 건 아니야. 핵심은 향수를 뿌리는 이유가 뭔지, 어떤 장소와 어떤 사람에게 어떤 의도로 뿌리는 건지, 그리고 그런 종류의 향 가운데 내게 어울리는 게 뭔지를 파악하고 뿌려야 한다는 거야. 지금으로선 상대방에 대한 정보도 제한적이고, 넌 자기 객관화도 안 되고, 통장 잔고도 부족하니까…… 뿌리지 않는 것이야말로 최선의 선택이지.」

「아, 됐어. 그럼 내가 일요일에 잘 보일 수 있는 방법은 없는 거야?

그런 나도 할 수 있는 걸 제시해 줘야지. 누나는 그런 거 얘기해 줄 수 있을 거라 생각했는데, 난…….」

민혁은 천연덕스럽게 말을 흐렸다. 그러자 은희는 오른쪽 눈썹을 살짝 치켜올렸다. 괜히 아니꼽다는 시늉이었다.

「그나마 다행스러운 건 채은 씨가 너를 아주 귀엽게 보고 있다는 점이지. 잘 들어. 젊을 땐 이성의 매력이라는 게 다양한 것처럼 느껴지기 마련이야. 세상에는 그냥 잘생긴 남자나 예쁜 여자만 있는 게 아니잖아. 하다못해 잘생겨 보이는 방법도 제각각이거든. 그냥 조각처럼 잘생긴 게 있고, 좀 날카롭고 못되게 잘생긴 게 있고, 상냥하고 부드럽게 잘생긴 게 있지. 이것도 여자들마다 취향을 엄청 타거든. 예를 들면 뭐가 있을까? 음, 그래. 조지 클루니, 조니 뎁, 조셉 고든 레빗의 공통점이 뭔 거 같아?」

「알겠다! 셋 다 조 씨라는 거?」

「그딴 생각은 머리로만 해.」

은희는 고개를 저으며 말했다.

「정답은 셋 다 잘생긴 미남 배우라는 거지. 근데 잘생긴 방식은 다 다르거든.」

「그래서 결론이 뭐야?」

「처음에 어떻게 매력을 어필하느냐는 개인의 재량이야. 그런데 장기적으로 관계를 잘 유지하고 싶다? 그럼 귀여운 게 최고라고. 다른 건 다 필요 없어.」

「내가 잘못 들었나?」

「조각 같은 외모, 옴므파탈, 치명적인 눈매, 초콜릿 같은 복근, 지적인 매력, 배려심 넘치는 성격, 많은 재산. 다 좋지. 다 있으면 좋은 거야. 그런데 이런 것들은 다 갖추기도 어렵고, 하나같이 시간이 갈수록 질리는 것들뿐이야. 당장 몇 달간은 좋아 죽을 수도 있겠지. 그런데 그 뒤부터는 앞으로 어떻게 지내야 될지 막막하다니까. 몇 번 싸우고, 싸우면서 못 볼 꼴 다 보다 보면 오히려 그런 게 등신처럼 보이기도 해. 그런데 귀여운 건…… 아무리 시간이 지나도 질리지 않아! 고양이가 그렇게 지랄 같은 성격을 갖고 있어도 사람들이 애지중지 키우는 이유가 뭐겠어? 다 귀엽기 때문이라고. 알았어? 무조건 귀여운 게 최고야. 남자든, 여자든!」

「흠.」

민혁은 문득 채은이 자기더러 너무 귀엽다고 말했던 것이 떠올랐지만 굳이 입 밖에 내진 않기로 했다.

「근데 귀여운 건 그, 좀 멍청해 보이는 거랑 의미가 비슷하지 않아? 나는 전혀 멍청하지 않은데.」

「멍청한 거랑은 다른 거야, 이 멍청한 놈아. 네가 이성, 아니, 인간관계에 대해 아는 게 있으면 얼마나 있는데? 모르면 잠자코 듣고 배우란 말이야. 아무리 돈 받고 하는 일이라지만 이렇게 말귀를 못 알아들어서야…….」

「싫으면 그만둬. 제발 그래 줬으면 좋겠어.」

「이모한테 페이를 올려 달라고 건의해 봐야겠어. 지금보다 적극적으로…….」

은희가 휴대폰을 만지작대며 중얼거렸다.

15

    일요일은 아침부터 날씨가 좋지 않았다. 정오 가까운 시간에도 하늘이 흐릿해 늦은 오후 같은 느낌이 들었고, 한 번씩 습기 찬 바람이 와락 들이닥쳐 을씨년스러운 분위기가 감돌았다. 비만 쏟아지지 않았을 뿐 서로에게 호감을 가진 남녀가 첫 데이트를 하기에 좋은 날이라곤 농담으로라도 말할 수 없었다.

    민혁은 오후 2시께 약속 장소에 도착했다. 차가 밀리거나 해서 늦지는 않을지 걱정한 끝에 한 시간이나 일찍 출발해 버렸다. 막상 도착해 보니 어둑어둑한 날씨에 역전은 평소보다 인적이 뜸해 휑했다. 채은이 도착할 때까지 수십 분을 어떻게 때워야 하지? 고민 끝에 근처 카페에 들어가 있기로 했다.

    '왜 이렇게 시간이 안 가지?'

    카페 창가 쪽 자리에 홀로 앉아 있던 민혁이었다. 이럴 줄 알았으면 수학 문제라도 몇 개 출력해 가져올걸, 하며 청바지 뒷주머니에 손을 푹 집어넣었다. 불안한 나머지 무의식적으로 한 행동이었다. 손끝에 종잇조각 같은 감촉이 느껴졌다. 여기에 뭘 넣어 놓은 적이 없을 텐데, 하고 끄집어내자 손바닥 크기의 쪽지에 글씨가 **빽빽**하게 들어차 있는 것이 눈에 띄었다. 쪽지에 적힌 내용은 다음과 같았다.

스스로 긴장하고 있다는 걸 인정할 것

상대방도 마찬가지로 긴장하고 있다는 걸 인지할 것

사귀고 싶은 여자가 아니라 가능한 친해지고 싶은 사람으로 볼 것

깔끔하게 차려입되 움직이기 불편한 옷은 입지 말 것

식사할 때 휴대폰은 가방 안에 넣어 놓을 것

대화할 땐 가급적 눈을 마주치면서 말할 것

쓸데없이 거짓말하지 말 것

어색한 분위기를 피하되 너무 많이 말하지 말 것

화장실에 너무 오래 들어가 있지 말 것

상대방이 어떤 신발을 신고 있는지 확인할 것

만약 굽이 높은 신발이라면 절대로 한 시간 이상 걷지 말 것

늦게 헤어질 땐 가급적 택시를 태워 보내되, 차 번호판을 휴대폰 카메라로 찍어 둘 것

첫날이나 손잡는 것 이상으로 나가지 말 것! (가장 중요)

　　은희의 글씨체라는 건 대번에 알아챘다. 하지만 그런 쪽지를 언제 써서 그렇게 넣어 놓았는지는 도저히 알 수 없었다. 민혁은 그날 장롱 속에 있던 청바지를 근 1년 만에 꺼내 처음으로 입었기 때문이다. 자신이 언제 어떤 옷을 입고 나갈 줄 알고 뒷주머니에 이런 오지랖을 부려

났단 말인가? 참 귀신이 곡할 노릇이었다.

그럼에도 불구하고, 생애 첫 데이트를 앞두고 잔뜩 긴장돼 있던 민혁에겐 그 종이 쪼가리가 상당한 도움이 됐다. 실로 두려운 상황에서 두려움을 이겨 내는 데는 자기 자신이 두려워하고 있다는 사실을 깨닫는 것보다 더 좋은 방법이 없었던 것이다. 민혁은 은희가 남긴 쪽지를 채은이 오기 전까지 몇 번이고 다시 읽었다. 그런 가운데 문자 메시지가 한 통 수신됐다.

- 미안해요. ㅠㅠ 지금 버스로 가고 있는데 차가 막혀서 조금 늦을 것 같아요.
  먼저 도착하면 어디 들어가서 차라도 한잔하고 계세요. 제가 밥을 살 테니.

채은의 문자였다. 민혁은 잠깐 동안 생각을 정리하다가 답신을 적어 보냈다.

- 천천히 오세요. 저도 좀 늦을 것 같아서. 날씨도 안 좋은데 조심히 와요!
- 네. 그래도 금방 갈게요. ;)

머잖아 채은의 메시지가 돌아왔다. 채은은 3시 반이 다 돼서야 민혁이 앉아 있던 카페에 도착했다. 민혁은 카페 문이 열릴 때마다 촉각을 곤두세운 통에 벌써부터 지쳐 있었다. 그런 와중에도 채은의 성숙한 옷차림이며 다른 분위기의 헤어스타일 같은 것들에 눈길이 갔다. 그런 여자와 같이 대화하거나 걸어 다니기에 자신의 행색이 너무 추레하게 느껴지기도 했다. 채은이 몹시 미안하다는 투로 말했다.

「으아아…… 미안해요. 제가 많이 늦었죠? 원래 이렇게 늦는 경우가 잘 없는데……. 너무 죄송해요!」

「아니에요. 저도 도착한 지 얼마 안 됐거든요.」

민혁이 웃으며 대답했다.

「얼른 앉으세요. 뭐라도 마시면서 얘기할까요?」

「아, 네. 고마워요.」

채은은 외투를 입은 그대로 맞은편 의자에 앉았다. 못 보던 회색 손가방은 무릎 위에 올려놓았다.

「그런데, 이건 혹시나 해서 여쭤보는 건데요. 식사는 하셨나요?」

「아뇨, 늦게 일어나서 못 먹었어요.」

「아, 그럼 있잖아요, 나가서 늦은 식사부터 먼저 할까요? 저도 점심을 못 먹고 출발해 버려서.」

「아하, 그럼 그렇게 할까요? 그럼 어디서…….」

「좋아요! 근처에 제가 아는 브런치 카페가 있거든요!」

채은은 기다렸다는 듯이 자리를 박차고 일어났다.

「거기 오픈 샌드위치가 엄~청 기가 막히거든요. 샌드위치는 잘 드시죠?」

「……샌드위치 못 먹는 사람도 있나요?」

민혁이 멋쩍게 받아쳤다.

「그건 그렇네요. 얼른 가요! 그거, 너무 늦으면 못 먹거든요. 나름 유명한 메뉴라.」

이미 나설 준비를 마친 채은이 민혁의 셔츠 소매를 잡아당겼다. 민혁은 점심으로 먹고 온 컵라면이 울렁거리는 가운데 채은의 그윽한 향수 냄새가 코끝을 휘감는 것을 느꼈다. 꽃 같기도, 과일 같기도, 혹은 방금 싹틔운 허브 같기도 한…… 익숙하고도 낯선 향기가 온몸을 휘어 잡고, 민혁이 생판 모르던 세계로 이끌었다.

16

「그래서, 언제까지 존댓말 할 거야?」

어느새 식사를 마친 채은이 테이블에 턱을 괸 채 물었다. 민혁으로 선 예상치 못한 질문이었다. 목구멍으로 넘어가던 토마토 덩어리가 길을 멈추고 돌아 나오려는 것을 도로 삼켰다.

「우욱! 켁켁.」

「아! 괜찮아요? 여기 물 좀 마셔요.」

「으흡, 고맙습니다.」

민혁은 채은이 건네는 물을 마셨다.

「말 놓기 싫으면 말로 하지!」

「그런 건 아니에요. 전 그냥…….」

「먹으면서 이야기해요. 제가 원래 먹는 속도가 빠르거든요.」

「전 그냥, 가족 아닌 다른 사람들이랑 말 놓는 게 어색해요.」

「아하, 왜요?」

「모르겠어요. 어렸을 때부터 쭉 그랬어요.」

「학교 친구하고도?」

「정말 친한 친구 몇 명을 빼면 그렇죠.」

「무슨 만화 캐릭터 같네요. 동년배한테 존댓말을 다 쓰고.」

「그래서 말을 잘 안 했던 것 같아요. 말을 잘 안하다 보니 앉아 있
는 시간이 많았고, 그러다 보니 공부가 일종의 취미가 돼서……. 뭐 그
랬어요.」

「제가 느낀 인상이랑은 완전히 다른데요.」

「B대학 학생이거든요. 저.」

「아. 그래요?」

채은은 조금도 놀라지 않는 얼굴로 대꾸했다. 오히려 몹시 심드렁하
게, 그런 사실에는 전혀 관심이 없다는 듯이 굴었다. 민혁은 적이 당황
스러웠다. 국내에서 손꼽히는 B대학의 학생이라는 사실에 덜컥 놀라
고, 또 그래서 그때까지의 시선과 사뭇 다른 방식으로 쳐다보는 사람
들에게만 익숙했던 것이다.

「수학과예요.」

쓸데없이 덧붙이는 말이라는 건 스스로도 잘 알았다.

「아하…… 그렇군요. 그럼 수학을 잘하시겠네요?」

「음, 사실은 그냥 그런데…….」

「너무 뻔한 얘기였네요. 하긴, 잘하시니까 들어갔겠죠?」

「으음, 그으게……. 어디서부터 이야기를 해야 할지 잘 모르겠네요.
좀 긴장한 것 같아요.」

「천천히 하셔도 돼요. 얘기하는 도중에는 아무 데도 안 갈 테니까

요.」

채은의 눈빛에 다정함이 잔뜩 묻어났다. 그 순간 민혁이 갖고 있던 긴장감이며 위태로움 따위가 반절은 증발했다. 정말 희한한 일이었다. 이제껏 잘 알지도 못했던 여자가 아무 데도 안 갈 테니까요, 라고 한 말이 두려우리만큼 편안하게 느껴졌다.

「사실은 정말 어려운 질문이에요. 방금 하신 건.」

「그렇긴 해요. 오랫동안 한 일이라고 해서 다 잘한다고 말할 수 있는 건 아니…….」

「왜냐면 그건 수학이라는 학문의 범위를 어떻게 정의하느냐에 따라서 다르거든요.」

민혁은 다급하게 말을 이어갔다.

「우리가 수학이라는 한자의 뜻에 따라서 '숫자를 사용하는 모든 학문'으로 정의한다면 애매해지는 것들이 정말 많거든요. 예컨대 이런 경우에는 대수학이 수학이 아니게 될 수도 있으니까요. 우리 우주에는 숫자로만 표현하기에는 너무 어려운 원리들이 수도 없이 많기 때문에…….」

민혁의 장광설은 뜬금없이 스타트를 끊어 버리고는 끝날 생각을 하지 않았다. 덕분에 채은은 이후 한 시간 가깝게 아, 아아, 하고 머리를 끄덕이기만 했다. 중간에 화제를 바꿔 보려는 시도도 몇 번 해 봤지만 무용지물이었다. 어느 시점부턴 민혁이 늘어놓는 말보다도 수학이라는 지겹기 짝이 없는 소재로 자기 생각을 몇십 분이나 줄줄 말할 수 있는 집중력을 관찰했는데, 그마저도 시간이 더 지나고 나니 일종의 면벽 수행처럼 돼 버렸다.

「컴퓨터의 등장으로 인해 더 이상 정확한 계산에 집중할 필요가 없어진 거죠. 그 대신 컴퓨터의 정밀한 계산력을 통해 수학이라는 학문의 범위를 비약적으로 확장하는 계기가 됐다고나 할까요? 마치 카메라가 등장하면서 화가들이 현실에 가깝게 그리는 것을 완전히 포기하고, 그림만이 표현할 수 있는 추상적 예술의 영역으로 발을 넓혔던 것처럼요. 이렇게 생각하면 참 재밌지 않나요? 일반적으로 생각하는 수학은 정확하고 흔들리지 않는 절대적 개념에 가까운데, 실제로 현대 수학은 갈수록 예측 불가능하고 불확실한 것들에 초점을 맞추고 있거든요. 카오스이론이나 리만 가설 같은…….」

「아, 재미없어!」

채은이 별안간 식탁 면에 머리를 갖다 붙이면서 큰 소리로 말했다. 시시각각으로 떨어져 가는 인내심이 바닥을 드러내 보이기 직전이었다. 채은은 더 이상 견디지 못하고 초강수를 뒀던 것이다. 민혁은 얼빠진 얼굴로 반응했다.

「네?」

「전에 데이트 같은 거 해 본 적 없는 거죠? 민혁 씨는.」

「…….」

「맞나 보네요.」

채은은 민혁이 어떻게 대답하는 게 쿨해 보일지 고민할 시간조차 주지 않고 맹공을 퍼부었다.

「만약 해 봤으면 이렇게 자기가 관심 있는 얘기만 할 리 없으니까……. 하긴 그럴 것 같았어요. 아직 여자를 사귀어 본 적이 없을 거라고는 생각했죠.」

「왜 그렇게 생각했는데요?」

「글쎄요. 저 말고도 여자들은 대체로 잘 눈치채는 것 같던데요. 연애 못 해 본 남자들은 얼굴에 붙여 놓은 것처럼 티가 나거든요. 웬만하면 못 알아채는 게 이상하지…….」

「아, 그렇…….」

「아, 또 존댓말! 서로 높여 부르면 계속해서 친해질 수가 없잖아요. 민혁아, 안 그래?」

「어어, 그으……래. 그 말이, 맞기는, 하지.」

민혁은 더듬거리며 겨우 말을 잇는 모습이었다.

「뭐, 불편하면 억지로 놓을 필요 없어요. 강요는 안 할게요. 저는 사람 괴롭히려고 나온 건 아니니까요.」

채은은 살짝 누그러진 어조로 말했다.

「그런데 저는 그렇게 생각해요. 서로한테 관심이 있어서 나온 거잖아요. 누가 먼저 얘기를 하고 그랬든 간에. 그럼 좀 더 서로에 관한 이야기를 하면 어떨까 싶어요. 수학도 나쁘지 않은 소재지만, 그걸로 시간을 다 쓰기엔 지금 일요일이 너무 아깝잖아요. 안 그래요?」

「맞아요. 아니, 맞아.」

「정말 그렇게 생각하는 거야? 아니면, 좀 전처럼 할 말이 없어서 아무렇게나 대답한 거야? 난 되도록 솔직하게 말해 줬으면 좋겠는데.」

「아니, 정말 그렇게 생각해.」

민혁은 못내 어쩔 수 없다는 듯이 말했다.

「누나 말이 맞아.」

「방금 뭐라고?」

채은은 민혁의 말이 끝나자마자 되물었다. 부릅뜬 눈이 희번덕거리며 민혁을 겨누고 있었다.

「아니, 그, 나는…….」

「다시 한번 말해 봐.」

채은이 아직 상황 파악이 덜 된 듯한 민혁을 다시 한번 몰아붙였다.

「나, 난 그냥 누나 말이 맞다고 그랬는데……. 맞아. 나도 이런 얘기나 늘어놓으려고 나온 건 아니었는데. 누나한테 궁금한 게 많았는데. 막상 이렇게 마주 앉으니까 무슨 말을 해야 할지 생각이 하나도 안 났어. 그런데 그냥 가만히 있으면 어색하기만 하니까, 그러면 누나가 다시는 안 만나 줄 수도 있으니까……. 그래서 뭐라도 얘기해야겠다는 생각에 그랬던 거 같아. 미안해.」

「좋아. 나한테 궁금한 거 있으면 다 물어봐. 최대한 다 대답해 줄 테니까. 대신 약속 하나 해 줄래?」

「뭐든지.」

「앞으로도 계속 누나라고 불러.」

채은이 말했다. 그간 희미했던 미소가 베일을 벗고 양쪽 볼 끝에다 귀여운 도랑을 하나씩 만들고 있었다. 민혁은 채은의 그 얼굴을 죽는 날까지 잊어버릴 수 없을 것 같다는 생각이 불쑥 들었다.

17

「보기보다 철학적인 소재지. 어떤 경향성이나 기준이 관계를 자연스럽게 정의하는 것인가, 반대로 정의하는 대로 관계가 구성돼 가는 것인가 하는…….」

「아, 제발 좀 진지하게 받아들여 주면 안 돼?」

민혁이 한껏 이맛살을 찌푸리며 말했다.

「세상에 이보다 더 진지하게 받아들여 주는 사촌 누나가 어딨어?」

은희는 누워 있는 민혁을 빤히 쳐다봤다.

「관계에 반드시 정의가 필요하다니. 첫 연애를 하는 남자애들은 어쩜 이렇게 똑같을까?」

「정의되지 않는 값으로 정확한 계산을 할 순 없어. 적어도 수학은 그래.」

「연인 관계는 계산하는 게 아니야. 당연히 수학도 아니고……. 카페에서 거의 하루 종일 같이 있었다며? 이미 손도 잡고 다닌다며? 밥도 같이 먹고, 영화도 같이 보고, 집에 데려다주면 사귀는 거랑 다름없는 거 아냐? 뭐가 무서운 건데?」

「이미 말했잖아. 나는 아직 고백도 안 했고…….」

「고백을 꼭 남자가 하라는 법 있어?」

「확실하게 남자 친구가 아니라고. 채은이도 확실한 내 여자 친구가 아니고. 어느 날 갑자기 아무 말도 없이 떠나 버려도 붙잡을 명분이 없는 그런 관계인데, 무섭지 않은 게 이상한 거 아냐?」

「그건 그렇긴 한데.」

은희는 말하는 와중에 고개를 갸웃거렸다.

「언제든지 떠나 버릴 수 있는 건 마찬가지 아냐? 네가 정식으로 고백해서 채은이가 승낙을 하더라도, 더 이상 널 사랑하지 않게 되면 하루아침에 훌쩍 사라져 버리는 게 인간관계야. 그건 결혼을 해도 똑같지. 애인과의 이별보다 배우자와의 이혼이 더 까다로운 건 사실이지만. 그게 본질적으로 영원한 사랑을 담보해 줄 순 없는 거지.」

「그래, 참 잘나셨어. 정말.」

말문이 막힌 민혁이 비아냥댔다.

「그럼 뭐? 내가 뭐라고 얘기해 줘야 하는데? 난 만나 본 적 없는 네 여자 친구, 아니, 이걸 뭐라고 해야 하지? 그래. 네 썸녀한테 가서 확 고백해 버리라고 부추기기라도 해야 돼? 내가?」

「적어도 용기 정도는 줄 수 있는 거 아냐?」

「다른 사람이 준 용기로 고백하는 게 무슨 의미가 있는데? 너 스스로 해내야 뭐라도 되는 거 아니야?」

「아, 그럼…….」

「술 마시고 고백하는 건 더 안 돼.」

은희가 딱 잘라 말했다.

「이럴 바에야 그냥 헤어지자고 말하는 건 어때? 속 편하게 말이야.」

「야, 솔직히 말해. 뭘 숨기고 있어?」

「내가 뭘?」

「그냥 진도를 끝까지 나가고 싶은 거잖아, 너는.」

「아니. 전혀 그렇지 않아.」

민혁은 문득 예민한 태도로 맞받아쳤다.

「그래? 그럼 채은이가 독실한 크리스천이라서 결혼하기 전까진 섹스를 못 하겠다고 하면? 넌 아무렇지 않게 받아들일 수 있어?」

「…….」

「절대 아니지! 왜 그걸 부정해? 야, 막말로 네가 스물두 살 먹은 남자인 주제에 호감이 있는 또래 여자애한테 욕구를 못 느끼면 그건 그것대로 중대한 문제야. 성욕이 생기는 건 자연스러운 거고…….」

「그렇다고 해서 사랑을 하는 이유가 곧 섹스인 건 아니잖아. 그건 너무 슬프지 않아?」

「그건 당연히 아니지. 남자들 중에 그렇게 착각하는 애들이 많긴 하지만.」

「방금은 무슨 소리야?」

「알 거 없어. 좌우지간 내 얘기는 그거야. 넌 여자 친구…… 아니, 채은이랑 지금보다 더 가까워지고 싶은 거잖아. 육체적으로, 그리고 정신적으로도. 그런데 그걸 위해선 네 생각에 그럴듯한 명분이 필요한 거고, 그게 정식으로 남자 친구가 되는 것 아니냐는 거지.」

「완전 뭉뚱그려 말하면 그렇게 되겠지.」

「그런데 그건 그거대로 웃긴 얘기 같지 않아? 꼭 남자 친구나 여자 친구와만 육체적, 정신적 교감을 나눌 수 있는 건 아니잖아? 하고 싶으면 차라리 솔직하게 말하는 편이 낫지. 채은아, 너랑 하고 싶어,라고.」

「말도 안 되는 소리를, 요즘은 말로 하는 것도 성추행 되는 거 알지? 나 감방 보낼 작정이야?」

「네 말대로 용기를 줘도 뭐라고 하네?」

「누가 그런 식으로 달랬어?」

「야. 성추행이랑 성폭행이 어떻게 성립되는지 알긴 알아?」

「알아. 여자가 증언하면 그때부터 범죄가 되는 거 아냐. 그게 문제지. 자고 난 다음에 말만 바꿔 버리면 땡이니까. 확실한 증거도 없이. 한참 지난 일이라도 자기 기분 나쁘면 언제든지 남자를 감옥에 처넣을 수 있는 거라고. 그래서 다들 섹스는커녕 연애도 쉽게 시작을 못 하는 걸 수도 있지.」

「멍청한 소리만 골라서 하네.」

「뭐라고?」

「됐어. 귀찮으니까 그냥 네 말이 다 맞다고 치자. 그럼 오히려 문제가 더 단순해지는 거 아냐? 상대방 기분만 나쁘게 안 하면 되는 거잖아? 무고한 남자한테 한번 당해 보라는 식으로 성범죄 운운하는 애들도 있기야 하지. 그런데 그거 때문에 여자를 못 사귀겠다는 건 너무 오버 아냐? 그런 여자들보다 안 그런 여자가 수백만 배는 많아. 네가 잘하면 아무래도 될 일이라니까, 그런 건.」

「그게 말처럼 쉬워? 커플끼리 싸움 한 번 안 하기가?」

「이야, 벌써 사귀고 있는 것처럼 얘기를 하네? 한 번도 싸우지 말란 얘기가 아니잖아? 최소한의 선을 지키면서 싸우라는 거지. 싸울 때 싸우더라도 인간 대 인간으로서의 존중은 잃지 말라는 건데. 그게 어려워?」

「아, 그 정도를 못 하는 사람이 세상에 어디 있어?」

민혁은 대수롭지 않게 받아쳤다.

「그러게. 근데 생각보다 많아.」

「많다고?」

「상황이랑 기분에 따라 존중의 기준이 휙휙 바뀌기도 하거든. 어떤 사람들은.」

「난 안 그래.」

「그래? 확신할 수 있어? 어떤 상황에서든 너보다 약한 사람을 협박하거나 때리지 않을 자신이 있어?」

「확신해. 난 절대로 그딴 짓은 안 하거든.」

「정말 그랬으면 좋겠네. 은희는 들릴 듯 말 듯한 목소리로 말했다.」

「어, 민혁아. 너 전화 왔는데.」

「아, 그래?」

민혁은 대답과 동시에 휴대폰을 집어 들었다.

「어?」

「뭐가 어, 야? 누구한테 왔는데? 자정이 다 돼 가는 시간에 누가…….」

은희는 말하다 말고 뭔가 깨달은 표정으로 말끝을 흐렸다.

「저, 그게…….」

「알았어. 빨리 나가 봐.」

민혁은 멀거니 서 있다 외투를 걸쳐 입었다.

「다녀올게.」

「참 나, 안 돌아와도 돼.」

은희는 민혁이 나가는 즉시 불을 끌 요량이었다. 아직은 졸리지도
않았다.

4

우리의 삼각함수

Q. 실수 전체의 집합에서 정의된 연속 함수 $f(x)$가 $\int_0^1 \{f(x)-4x\}^2 dx \leq 0$을 만족시킬 때, $f\left(\dfrac{1}{2}\right)$의 값을 구하시오.

(2점)

18

첫사랑이란 피차 저질러지는 면이 있다. 계획대로 시작한 사랑을 사랑이 아니라고 할 수는 없겠지만, 그 사랑이 결단코 첫사랑은 아닐 것이다. 첫사랑은 절대 계획에 따라 시작되지 않는다. 알에서 깨어나는 새가 자신의 탄생을 결정하지 못하듯이, 세상의 모든 첫사랑은 통제 불가능하고 예측할 수 없는 우주로부터 밀려든다.

채은은 낡은 오렌지색 가로등이 있는 골목에 우두커니 있었다. 최근 며칠 사이 봄 날씨에 접어들었다는 뉴스가 심심찮게 들렸다. 낮과 달리 밤중에는 여전히 바람이 쌀쌀해 겨울 느낌이 물씬했다. 아무렴 채은이 입고 있는 면 소재의 후드집업이나 짙은 색 청바지만으로는 추울 수밖에 없었다.

민혁은 한마디 말도 없이 곧장 입고 있던 재킷을 벗어 내밀었다.

「입어.」

「괜찮아. 안 추워.」

채은은 조금 차갑게 받아쳤다.

「입으라니까. 감기 걸려.」

「감기는 이미 걸렸어. 괜찮으니까 너 입어.」

채은이 다시금 말했다. 민혁은 아랑곳하지 않고, 아예 재킷 어깨를 펼쳐 채은의 상반신에 덮어 주었다. 낯익은 침묵이 시간을 뒤쫓아왔다. 마침내 채은이 결론을 내기 위해 입을 열었다.

「남자가 먼저 말해 주길 기다리는 게 비겁하다는 건 알아.」

「아니야, 그렇게 생각은 안 해.」

「솔직히 말하면 좀 무서운 것 같아. 나라고 연애를 엄청 많이 해 본 것도 아니고…… 네가 정확히 어떤 사람인지도 아직 잘 모르겠어.」

「무슨 말인지 이해해.」

민혁은 돌바닥에 시선을 내리깔고 대답했다.

「그리고 나도 이해해. 네가 얼마나 답답할지, 두려워하고 있을지도 조금은 알아. 나도 분명 그랬던 적이 있었으니까.」

「응…….」

민혁의 두 눈은 이제 머리 위에 매달린 가로등으로 초점을 옮겼다. 캄캄한 밤하늘 아래로 꽤 덩치가 있는 부나방, 줄잡아 수십 마리쯤 돼 보이는 하루살이 떼의 그림자가 드리웠다. 벌레들은 쉬지도 않고 끊임없이, 끊임없이 가로등 불빛을 향해 머리를 처박는 모양이었다. 채은은 앞으로 조금 늘어진 머리카락을 왼쪽 귀 뒤로 넘겨 올렸다.

「오해는 안 했으면 좋겠어. 싫다는 게 아니야. 그냥 나도 너처럼 무섭다는 거고, 그래서…… 그래서. 내 말은, 네가 나한테 확신을 줬으면 해서…… 용기를 좀 주면 나도 너한테…….」

말을 다 끝내기도 전에 채은의 입이 틀어막혔다. 실로 민혁에겐 도박이나 다름없었다. 안아 본 적도 없는 상대에게 먼저 입을 맞춘다는 것은. 몇 달 전까지의 민혁에게는 감히 상상조차 할 수 없는 짓이었다. 오히려 드라마에서조차 이런 비슷한 장면이 나오면 채널을 돌리거나 전원을 꺼 버린 다음 욕을 한 바가지 퍼붓는 부류의 인간이었으므로.

첫 번째는 오래가지 않았다. 민혁의 입술이 채은의 아랫니에 부딪혀 피가 났다. 어쩔 줄 모르고 허둥지둥하는 민혁의 모습을 보면서, 채은은 아무 문제도 없다는 듯이 빙그레 웃어 보였다. 두 사람의 키스는 횟수가 더해질수록 몰라보게 능숙해졌다. 채은이 까치발을 들어 입술을 갖다 댄 것도 네 번째부터는 필요 없었다.

이날 있었던 해프닝에 대해 당최 누가 먼저 고백을 했는지 따위의 논쟁은 수십 차례나 계속됐다. 그야 두 사람이 헤어지고 난 뒤로는 너무나 명확한 문제가 돼 버렸다.

19

　민혁은 2월이 다 끝나 갈 즈음에 첫 휴가를 냈다. 모아 뒀던 돈으로 커플 여행을 떠나기 위해서였다. 당초 계획은 채은의 고향인 전주로 내려가 이틀 정도 구경하다 돌아오는 것이었다. 연인끼리의 첫 여행들이 으레 그렇듯, 출발하기 바로 전날 오후까지 갖은 실랑이를 벌였다.

　결과적으로 경원선을 거쳐 강릉과 속초 일대를 둘러보는 일정은 꽤 성공적이었다. 제아무리 미운 사람이라도 단둘이 바다 앞에 서게 되면 어느 정도 마음이 가라앉기 마련이다. 하물며 금방 사랑을 약속한 남녀가 함께 바다를 본다는 건, 섹스보다도 더 은밀한 면이 있었다.

　그날 밤, 두 사람은 바다가 보이는 침실에서 첫 섹스를 했다. 채은은 첫날밤의 주도권을 꽉 붙잡고 끝까지 놓지 않았다. 민혁이 브래지어를 푸는 방법도 몰라 얼굴을 붉혔던 반면 채은이 발휘한 과감성이며 자연스러움은 '누나'의 역할에 꼭 들어맞는 것처럼 보였다. 생각해 보면 누나라는 호칭부터가 그녀에게 첫 잠자리의 주도권을 잡아야 한다는 충동을 일으켰을지도 모른다.

반면 피임에서부터 삽입과 후희後戲에 이르기까지 거의 모든 것들이 처음이었던 민혁은 여행에서 돌아온 뒤에도 한동안 알 수 없는 위화감에 시달렸다. 시도 때도 없는 망상이 머리를 휘젓는가 하면, 단둘이 영화를 보거나 밥을 먹을 때마저 까만 의구심이 치솟곤 했다.

섹스는 분명 환상적인 경험이었지만, 채은에게도 똑같이 환상적이리라는 확신은 없었다. 아, 좋아, 하는 채은의 소리에도, 속으로는 전에 만났던 다른 남자를 떠올릴지 모른다는 생각에 몇 번이나 제동이 걸렸다. 민혁은 그럴 때마다 자신의 남성적 능력을 증명하지 못했다는 강박에 시달렸다. 심심한 위로나 건네는 채은이야 그런 마음까지 알아챌 도리가 없었다.

4월이 되자 완연한 봄기운이 골목골목에 도사리기 시작했다. 두 사람에게는 그새 수십 번의 싸움과 수십 한 번의 화해가 지나쳐 갔다. 관계의 온도는 민혁이 B대학에 복학 신청서를, 채은이 어학원에 가입 신청서를 각각 제출하게 되면서 차츰 식어 갔다.

쾌청한 날씨는 태풍이 들이닥치기 직전까지도 며칠씩 이어진다. 또 어떤 인간관계가 돌이킬 수 없는 강을 지나갈 무렵에는, 자신이 그 관계에 대해 완전하게 이해했다는 착각이 들기도 한다. 이제 좀 그만 싸웠으면 좋겠어, 정말 지긋지긋해, 라는 말이 더 이상 대화하기 싫어, 가 되고, 서로가 분리된 상태에서 더 편안하고 안전하다는 사실을 깨닫는 것이다.

민혁과 채은의 관계는 뗄 수 없이 가까워졌다가도 되돌릴 수 없을 것처럼 멀어지기를 반복했다. 다만 시간이 흐르다 보면 만남이나 연락, 한 달에 잠자리를 갖는 횟수까지 어느 정도 수렴하는 값이 드러나기 마련이다.

이를테면 두 사람에겐 어느 시점부터 일주일에 두 번쯤 만나는 것이 불문율처럼 돼 있었다. 만나서 하는 일들도 대체로 비슷했다. 최근 개봉한 영화를 보고, 해 질 녘 근린공원을 산책하고, 적당히 기분 낼 만한 레스토랑을 찾아 인스타그램 피드를 채웠다. 단둘이 나누는 대화는 날이 갈수록 줄어들었다. 이쯤 되면 그나마 남아 있는 대화의 패턴들마저도 대부분 상투적이고 의무적인 것들에 지나지 않는 법인데, 속도가 빠른 커플은 이 일련의 과정을 100일도 안 돼 모두 경험하기도 한다.

불행 중 다행이라 할지 민혁과 채은의 수렴 속도는 평균을 밑돌았다. 처음 맺은 연인 관계에서 극단적 고통을 경험하는 사람들은 생각 이상으로 많다. 어떤 아픔은 두 번 다시 겪을 엄두가 나지 않을 만큼 비극적이다. 그래서 한때 마법 같았던 사랑의 잔재를 받아들이고 극복해 내는 대신에, 누군가를 열렬히 사랑할 수 있는 마음을 몽땅 도려내 버리는 사람도 있다.

정말로 슬픈 건 그렇게 괴로운 시간과 인간관계가 내게 있었다는 사실 자체보다도, 그 상처로 인해 '차라리 단 한 번도 누군가를 사랑해 본 일 없었던 사람인 편이 나았어' 같은 판단을 하게 되는 것이다. 사랑이 가진 가장 비현실적인 속성들 가운데 하나는 불멸성이다. 한 번 더 경험해 보기 전까진 좀체 알 수 없는, 그 놀라운 재생력 ······.

유달리 무더운 여름이었다. 그해 여름에는 유독 무더운 날씨가 이어졌다. 장마가 걷히고 나서는 나날이 숨 쉬기조차 힘들 만큼 푹푹 쪘다. 민혁은 1년 가까이 일했던 카페 시나브로와 작별했다. 당초 계획은 완전히 그만두는 게 아니라 근무시간을 단축해 학업과 병행하는 것이었지만, 학기가 시작한 지 한 달이 채 되기도 전에 포기해야 했다. 민혁도 이제는 졸업을 준비해야 할 시기였다.

민혁의 일상을 지탱하던 것들은 송두리째 뒤바뀌기 시작했다. 은희는 기존의 팀에서 나와 본인 위주의 새로운 밴드를 만들었다. 민혁의 자취방에는 사흘에 한 번 정도로 찾아와서는 쪽잠을 자거나 잊고 있었던 짐을 찾아 나가곤 했다. 조금씩 옮기기 시작한 짐이 반절이나 사라졌을 시점엔 아예 용달차를 한 대 불러서 남아 있던 것들까지 몽땅 빼냈다.

「이제 가면 언제 오나?」

은희는 용달차에 마지막 박스를 올려놓았다.

「누나가 가면 외롭고 쓸쓸해서 어떡해? 우리 민혁이.」

「제발 가. 다시는 오지 마.」

민혁은 단호하게 대꾸했다.

「괜히 괜찮은 척하다가 밤에 잠 못 자고 질질 짜는 거 아니야?」

「나는 눈물 같은 거 안 흘려. 안구건조증 있거든.」

「어디서 많이 들어 본 말 같은데.」

조수석에 앉은 은희가 중얼거리며 안전벨트를 둘러맸다.

「그럼, 간다. 안녕.」

「안녕, 누나.」

민혁은 손 대신 목소리를 흔들었다. 고맙다는 말은 다음 명절 때까지 미뤄 놓기로 했다.

갑작스레 다가온 것들은 꼭 그보다 빠른 속도로 탈출해 나간다. 민혁도 조금쯤 알고 있었다. 세상에 준비된 이별이란 없다. 사람은 미처 준비 못 했던 존재들과만 이별하기 때문이다. 그래서 우리가 이별을 준비한다는 것은, 알고 보면 아주 느린 속도로 탈출하는 일밖에 되지 않는다.

본인의 말마따나 민혁이 오밤중에 이불을 부여잡고선 질질 짠 건 아니었다. 단지 앞으로 살아가며 얼마나 많은 이별을 마주쳐야 하는지 별처럼 헤아리다가 겨우 잠이 들었을 뿐이다. 만남은 영원하지 않다. 익숙해진 모든 것들은 어느 날 문득 떠난다. 당장에 민혁이 누워 잠든 단칸방이며 수년간 학구열을 불태운 B대학의 캠퍼스와도 헤어질 날이 올 것이었다. 이별들은 눈치챌 수 없게끔 아주, 아주 조심스럽게 기척도 없이 다가와서, 한순간에 나타나 일상을 헤집어 놓았다.

20

「신림이면 여기서 꽤 거리가 있는데. 좀 더 가까운 곳은 없어? 노량진에도 공무원 학원은 많잖아.」

민혁은 적잖이 고심하는 얼굴로 말했다.

「매달 월세가 거의 두 배 가까이 차이 난다니까. 그나마 신림이 공시 준비에는 가장 저렴하게 먹히는 편이야. 적어도 서울에서는 그래.」

그렇게 말하는 채은의 시선은 몇 분째 방 구하기 앱에 고정돼 있었다.

「그렇구나.」

「자기는 내가 공무원 준비하는 게 별로야?」

「아니, 별로라기보다는…… 걱정이 되는 거지. 누나가 정말 하고 싶어 하는 일인지 난 잘 모르니까.」

「하고 싶은 일만 하면서 세상을 살 수는 없지. 우리도 슬슬 앞길을 생각하지 않으면 안 되는 나이잖아. 자기도 대학 졸업하고 나면 나랑 비슷한 상황일 거야. 내가 왜 이러는지 나중에는 알게 될 걸.」

「뭐, 그 전에 군대부터 다녀와야겠지.」

「거봐, 하고 싶은 일만 하면서 살 수는 없다니까!」

채은은 더 이상은 못 참겠다는 듯 웃으며 말했다. 민혁도 웃었다. 두 사람이 함께 웃는 건 과연 오랜만의 일이었다. 채은은 어학원에서의 수업을 마치고 나면 B대학 캠퍼스 근처까지 버스를 타고 왔다. 그럼 버스 정류장 앞에는 그날의 공부를 일단락하고 나온 민혁이 추리닝과 삼선 슬리퍼 차림으로 서 있었다. 두 사람은 정류장에서 마주치자마자 포옹을 한 번, 의례적인 입맞춤을 한 번 하고 밤의 대학가를 거닐었다. 걷는 방향이야 매번 달랐지만 종착지는 한결같았다.

코인 노래방은 교착상태에 놓여 있던 두 사람의 관계 속에서 몇 없는 진전이었다. 민혁에게 음악이란 오랜 시간 듣는 즐거움으로 그쳤다. 노래방에 가 본 적도 거의 없었다. 학기말고사가 끝나고 어수선한 분위기의 친구들이 한사코 꼬드길 때조차 노래는 부르는 게 아니라 듣는 거야, 하고 선을 그었다. 설날이나 추석에는 별수 없이 따라가기도 했지만 무언가 골라 부르는 일은 한 번도 없었다.

그랬던 민혁이 「자기야, 나랑 노래방 같이 갈래?」라는 채은의 제안에 흔쾌히 응한 건 가히 놀라운 일이라 할 수 있었다. 하기야 민혁으로서도 미적지근해진 두 사람의 관계며 마음 같은 것을 본능적으로 느꼈다. 새로운 무언가를 하자는 제안 자체가 새삼스러워진 기분으로부터, 어떤 식으로든 돌파구가 필요하다고 생각했던 것이다.

어쨌든 민혁은 적당히 관계를 개선하는 데 도움이 될 것이라는 판단으로 노래를 시작했다. 그러나 적잖은 시간, 수차례의 반복을 거치면서 자연스레 가창에 재미를 붙였다. 처음부터 잘하는 사람은 없지만, 뭐든 요령이 붙어 조금씩 초보티를 벗어날 때가 가장 재미있는 것도 사실이다. 변함없이 계속되는 학업이며 지루한 일상 속에서 딱 그 정도의 취미가 필요했던 면도 있다.

「방금은 어땠어? 꽤 괜찮지 않았어?」

민혁이 노래 한 곡을 마치기 무섭게 물었다. 움찔거리는 얼굴이며 달달 떠는 다리까지 온몸에 들뜬 기색이 완연했다. 노래 부스 벽면 너머에선 혼자 온 남자가 오래된 발라드를 열창하고 있었다. 채은은 대답에 뜸을 들였다.

「음, 나쁘진 않았어. 그런데…… 코가 삐뚤어져도 잘했다곤 말 못 하겠어. 잘 모르는 노래이기도 하고.」

「뭐야, 그래도 방금은 제법 잘한 것 같은데.」

「처음보다 많이 나아지기는 했는데.」

「했는데?」

「방금 건 자기 목소리랑 별로 안 어울리는 곡이었어. 아무리 좋은 노래라도 자기가 가진 음역대나 보이스랑 안 맞으면 힘들지. 넌 이렇게 높은 노래보단 낮고 느린 곡들이 어울린다니까…….」

「그래도 음 높은 노래 부를 수 있으면 좋잖아. 못 하는 것보단 훨씬 멋있고……. 누나는 잘 올라가니까 그렇게 말하는 거 아냐. 보고 있으면 신기하다니까. 그런 소리를 어떻게 내는 거야?」

「아주 간단해.」

채은은 다음 곡 간주에 맞춰 벌떡 일어나서 마이크를 잡고 말했다.

「XX염색체를 갖고 태어나면 돼.」

「그게 뭐야, 불공평해!」

민혁이 투덜거렸다. 채은은 노래를 잘했다. 따로 배운 적은 없었지만, 청아한 목소리로 자유롭게 높낮이를 조절하는 걸 보면 가수 지망생이라고 해도 거짓말 같지 않았다. 학창 시절에는 친구들과 삼삼오오 모여 노래방을 향했다. 한 시간에 만 원에서 2만 원까지 되는 돈을 갹출해서 냈다. 그렇게 들어간 방에선 한 곡이라도 더 부르고 싶은 마음에 바쁘게 간주 점프 버튼을 눌러 댔다. 10분 남짓 남았을 땐 그것조차 답답해져서, 1절까지만 부르고 다음 노래로 넘어가곤 했다.

보너스 타임은 아무리 붐비던 시간대에도 10분은 주어지기 마련이었다. 또 털털한 성격의 아주머니가 카운터를 볼 때면 30분이나 60분까지 되는 시간이 뭉텅이로 들어왔다. 누구 할 것 없이 목이 쉬었을 때도 어떻게든 소리를 짜냈다. 오늘 아니면 언제 이렇게 부르겠냐는 마음이었다.

이런 측면에서 코인 노래방의 보급은 분명히 효율적이고 합리적인 변화였다. 정해진 돈에 정해진 수만큼의 곡을 부를 수 있었기 때문이다. 바쁘게 간주를 건너뛸 필요가 없었다. 미리미리 다음 곡을 예약해 놓을 필요도 없었다. 그 노래방 주인이 보너스로 몇 분을 더 주네 안 주네 하는 주제로 떠들어 대는 일도 더 이상 없었다. 카운터에는 사람 대신 '긴급 상황 시에는 이리로 전화 주세요'라는 안내문과 함께 열한 자리 숫자가 적혀 있었다. 모든 것이 효율적이고 합리적인 형태로 바뀌어 갔다.

그러나 많은 사람들은 그리움이라는 것이 효율이나 합리 같은 논거

와 상당히 거리가 있고, 더 나아가 아예 반비례하는 경향까지 있다는 사실을 좀처럼 알지 못한다. 세상에는 옳더라도 충분히 슬픈 일들이 있다. 글러먹어도 썩 기분 좋은 일들이 있다. 그래서 사람과 사람이 하는 사랑은 우주에서 가장 비효율적인 현상인 동시에 더없이 아름다운 이상이기도 하다.

생각난 곳은 코인 노래방에서 지상으로 올라오는 계단이었다. 채은을 뒤따라 걷던 민혁이 물었다.

「누나, 우리가 언제부터 코인 노래방에 자주 왔지?」

「글쎄.」

채은은 뒤돌아보지 않고 말했다.

「요즘은 그냥 노래방이 거의 없지 않아? 언제부턴가 노래방은 전부 코인 노래방이 됐으니까.」

「그건 그렇지. 동전 넣고 노래 부르는 건 낡은 오락실 같은 데서나 했었으니까.」

「학교 다닐 때 노래방 간 적 없다며? 어떻게 아는 거야?」

「오락실은 가끔 갔었어. 내가 철권 하고 있으면 꼭 노래 한두 곡 부르고 오는 애들이 있었거든.」

「아, 그거 말하는 거구나. 빗자루 머리 캐릭터 나오는 거.」

채은은 계단을 빠져나와 섰다.

「맞아, 그거……. 근데, 누나?」

민혁은 바지 주머니에 손을 넣고 그 앞에 서서 말했다.

「응, 왜?」

「내 얘긴 그런 게 아닌데.」

「그게 무슨 소리야?」

「내 얘기는, 우리가 같이 코인 노래방 오기 시작한 지 얼마나 된 것 같냐고. 더워지기 시작해서 왔으니까 한 달은 더 됐나?」

「그건 잘 모르겠는데, 아무렴 어때? 얼마나 됐는지는 상관없어. 지금 재미있으면 된 거야. 그치?」

21

사뭇 달라진 두 사람 사이의 관계를 마주할 때마다 민혁은 겁이 났다. 어렵사리 틈을 내 함께 영화를 보러 갈 때도, 주말을 맞아 덕수궁 돌담길을 나란히 걸을 때도, 대실한 방에서 옷을 벗은 채 맨몸으로 뒤엉켜 있을 때도 그랬다. 둘 사이에 있던 중요한 무언가가 낡아가고 있는 것이 느껴졌다.

그런 본능적인 불안감이 엄습할 때면 노상 싸움이 났다. 그 관계의 어떤 게 문제이며 나아지기 위해 어떻게 해야 하는지 갈피가 잡히지 않았던 민혁으로선 보냈던 메시지에 답신이 오는 속도나 줄어든 만남의 빈도 같은 것들을 꼬투리 잡아 채은을 자극했던 것이다. 연인이라면 그래도 한 시간 안에는 답장을 줘야 하는 거 아냐?, 한 달에 두 번 만나는 게 고작이면 사귀는 게 의미가 있어?처럼, 본인이 생각하기에도 터무니없는 주장을 늘어놓으면서.

반면 채은은 이런 형태로 수렴해 가는 연인 관계에 퍽 만족하고 있었다. 툭하면 벌어지는 말싸움에 지치기야 했어도, 이미 몇 번의 연애를 경험한 덕분이었다. 그녀는 사소한 갈등 하나 없이 관계를 이어 나간다는 건 불가능하다는 사실을 잘 알고 있었다. 세상에서 가장 완벽한 연인을 만난다 한들 완벽한 관계로 이어지진 않는다는 것. 이전 남자 친구들을 만나면서 얻은 가장 큰 깨달음이었다.

자신과 민혁 사이에 일어나는 크고 작은 언쟁이며 며칠간의 연락 단절 같은 사건들은 일종의 데자뷔 같았다. 마치 여름이 끝나 갈 때면 바람이 거세지듯이, 가을로 접어든 하늘이 구름 한 점 없이 가팔라지듯이. 그녀의 연인 관계에 있어 너무도 자연스러운 변화이자 일과에 불과했다. 전에도 있었고 앞으로도 있을 일이다. 의연히 받아들이는 것 말곤 할 일이 없었다. 그렇게 수렴하는 관계에 오히려 안정감을 느끼기도 했다.

정말이지 채은은 똑똑한 여자였다. 민혁과 함께 보낸 1년 반 동안 스스로가 지극히 정상적인 청춘을 보내고 있다는 충족감을 느꼈다. 또 이십 대 초중반 내내 골칫덩이였던 이성 문제에 안정감을, 아직 젊은 민혁과의 관계를 처음부터 만들고 성장시킨 데에 성취감을 느꼈다.

불과 5, 600일 정도 과거로 돌아가서 보면, 채은은 삶에 대한 의미도 마땅한 일도 없이 방황하고 있었을 뿐이다. 덜컥 대학을 졸업하긴 했지만 자신이 뭘 해야 하는지나 뭘 좋아하는지는 가늠이 안 됐다. 적당한 회사에 취직해 커리어 우먼이 될 것인지, 부모님 말씀대로 일찍 결혼하고 전업주부가 될 것인지, 그것도 아니면 아예 자기만의 사업체를 차려 대박을 노려 볼 것인지, 아무리 생각해 봐도 그럴듯한 결론이 나질 않았다.

설상가상으로 입대부터 육군 병장 만기 전역까지 기다려 줬던 전 남자 친구가 돌연 채은과의 관계를 정리해 버렸다. 부모님의 권유로 몇 년간 외국에 유학을 간다는 이유에서였다. 말이야 정리했다고 하지만 실상은 일방적인 이별 통보나 다름없었다. 비록 채은에겐 그다지 가까운 관계가 아니었지만, 그럼에도 마음에 상처는 남았다. 기다림의 대가가 고작 널 사랑하지만 떠날 수밖에 없다는 말이라니. 세상에 헛소리도 그런 헛소리가 없었다.

당시의 채은은 누가 보더라도 비참한 처지였다. 그런 와중에 대학까지 졸업해 놓곤 집에서 놀기나 하는 딸은 되기 싫어서, 어떻게든 방법을 생각해 낸 것이 동네 카페로의 출근이었다. 방법은 간단했다. 많은 대학생들이 졸업을 앞두고 한 번씩 건드려 보는 시험들(SSAT를 비롯한 몇 개 기업의 적성검사, 공인회계사, 먼 곳의 대학원 입시나 들어 본 적 없는 관공서의 공무원까지)의 교재를 몇 권 사 모은 다음, 적당한 크기의 백팩에 노트북과 함께 넣고 주변에 있는 카페를 찾아다니면 그만이었다. 오늘 공부가 여의치 않으면 내일은 더 조용한 카페를 찾아 나섰다. 전혀 아무렇지 않은 듯 태연한 얼굴로, 외롭고 쓸쓸한 젊은이들이 으레 방황하는 모양새로 말이다.

그러다 눈에 들어온 것이 카페 시나브로에서 서툰 솜씨로 커피를 내리고, 숫기 없는 말투로 계산하던 민혁이었다. 채은은 처음 본 그날부터 민혁이 마음에 들었다. 순수한 눈빛과 어리숙한 표정, 어색한 손동작이며 뻣뻣한 걸음걸이까지 모두 좋게만 느껴졌다. 어느 날부터인가 카운터에서 자신의 손발이며 생김새와 옷차림을 힐끔거리고 있다는 것도 바보가 아닌 이상에야 쉽게 알 수 있었다.

민혁의 표현은 단순해서 알기 쉬웠다. 기쁠 땐 웃었고 슬플 땐 울었으며 화가 날 땐 얼굴을 붉혔다. 말을 더듬으며 깜짝 선물을 주면 애써 괜찮은 척하다 눈물이 맺혔고, 어느 날 손 편지를 써서 건네면 어쩔 줄 몰라 몹시 당황했다. 삐진 척 일부러 연락하지 않을 땐 집착적으로 전화를 걸어왔다. 난데없이 우울한 마음에 품에 안기면 헌신적인 위로를 건넸다. 정해진 값을 투입하면 반드시 같은 결과가 나왔다. 꼭 그가 좋아해 마지않는 수학 공식들처럼.

불확실한 것에 대해 걱정하고, 뭐든지 영원불변하는 것을 찾아 헤매는 건 인간의 본능이다. 불과 얼마 전 상처받았던 사람이라면 더욱이 그렇다. 더 이상 실패하기 싫었던 채은에게 민혁은 너무나 안전하고 알기 쉬운 사람이었다.

자신이나 엄마를 내버려 둔 채 어디론가 떠날 사람이 아니라는 것도 잘 알고 있었다. 민혁은 떠나보낼지언정 먼저 떠나지 못하는 사람이었다. 다른 누군가와 비교하지 않고, 건네주는 사랑에 순수하게 행복해지는 사람이었다. 고립된 채 언제까지고 자신만을 바라보는 사람이었다. 내키지 않는 상황에서의 섹스를 강요하지 않는 사람이었다. 여자를 성욕 처리의 도구로 생각하지 않으며, 무차별적인 폭언이나 손찌검을 가할 우려도 없는 사람이었다. 능숙하지 않더라도 주어진 일에 최선을 다하고, 한순간도 한심해 보이지 않기 위해 노력하는 사람이었다. 매일같이 아주 조금씩이나마 나아지고 발전하는 사람이었다. 민혁이 가진 모든 변수는 채은의 통제하에 있었다. 요컨대 채은에게 세상에 그보다 더 확실한 남자 친구는 없었다.

연애의 시작에 다소간의 목적이 있었다 해서 그녀의 마음이 사랑이 아니었다곤 할 수 없다. 채은이 쏟아부은 건 틀림없는 사랑이었다. 그러나 민혁이「누나는 날 왜 좋아하는 거야?」,「왜 먼저 말을 걸어왔던 거야?」라고 물었을 때,「자기를 좋아하는 이유는 그냥 자기이기 때문이야. 다른 이유는 없어」라고 대답했던 건 명백한 거짓이었다. 채은은 그저 상처받을 걱정 없이 애정을 쏟을 대상이 필요했다. 그 대상이 하필 민혁이 됐을 뿐이지, 꼭 민혁이었기 때문은 아니었다.

결과적으로 채은은 오래전부터 필요로 했던 거의 모든 것들을 얻을 수 있었다. 육체적으로나 정신적으로나 어렸던 민혁을 남자 친구 삼음으로써 자신이 무척 성숙한 연애를 영위하고 있다는 착각에 빠져들었다. 실로 터무니없는 오산이었다. 성숙한 연애에 대한 필요성은 알았어도, 어떻게 성숙해야 하는지는 몰랐던 것이다.

22

　　학내 동아리에 새로운 인원이 들어오는 시기란 대개 정해져
있다. 오리엔테이션이며 새터를 막 끝낸 신입생들이 캠퍼스로 쏟아져
들어오는 3, 4월은 가장 큰 대목, 가을 학기가 시작되는 9월 무렵이 그
다음이라 할 만했다. 그나마도 댄스나 축구 같은 인기 동아리는 기존
부원들의 졸업이나 휴학 등으로 공석이 나지 않는 이상 신규 가입을 받
지 않는 추세였다. 그런가 하면 유리동물원처럼 새로 만들어진 지 1년
남짓밖에 안 된 데다, 록 같은 비주류 음악을 주로 하는 인디 밴드의 경
우 부원 상시 모집 포스터를 붙여 놓기도 했다. 그럼에도 밴드에 새 부
원이 들어오는 일은 뜸했다. 10월이 다 지나갈 무렵에, 졸업까지 그리
오래 남지도 않은 고학번이 가입 신청서를 작성하러 오는 일은 더더욱
드문 일이었다. 민혁은 인쇄된 A4 용지를 받은 지 몇 분 되지도 않아서
종이를 되밀었다.

　「다 썼어요. 여기……. 볼펜은 여기 넣으면 되나요?」

「아, 저한테 주시겠어요?」

동아리 간부처럼 보이는 남자였다. 직접 받아 든 펜을 탁자 위 필통에 집어넣었다.

「일단 작성한 걸 좀 볼까요?」

「그럼요.」

「저기 그런데…… 학번이…….」

「어? 거기 썼는데…….」

민혁이 눈썹을 치켜올렸다.

「봤어요. 그런데 그게……. 제가 여기 부장이거든요. 나이도 제일 많고요.」

「네.」

「이젠 민혁 님이 제일 고학번이 되겠는데요…… 민혁 님? 아니, 민혁 선배님이네요. 반갑습니다.」

부장이 일어나 살갑게 악수를 건넸다.

「아, 예.」

민혁은 떨떠름하게 일어나 손을 맞잡았다.

「저도 자연대거든요. 화학과요. 수학과에도 아는 분이 몇 명 있어요.」

「저희랑 같은 건물에 있었던가요, 화학과가?」

「아뇨, 바로 옆 건물에요.」

「아하.」

「혹시, 연주할 수 있는 악기 있나요?」

부장은 사뭇 조심스러운 말투였다.

「리코더를 조금 불 줄 압니다.」

민혁이 대답했다. 적어도 그건 사실이었다. 학창 시절 음악 수행평가에서 우수한 성적을 받은 바 있었다.

「아무래도 민폐일까요?」

「아, 괜찮아요. 어차피 보컬이 비어서요. 악기야 차차 손에 익는 걸로 하나 잡고 연습하시면 되고요. 저희 동아리 부원을 다 합해도 일곱 명밖에 안 되거든요. 그중에 두 명은 군대에 가 있는 상태라, 활동이 어려워져서.」

「그렇군요.」

민혁은 고개를 끄덕이며 대답했다. 인기 없는 동아리인 줄은 알았지만 그 정도로 처참할 줄은 미처 몰랐다.

부장이 가입 신청서를 훑어 내려가다 말고 물었다.

「와. 브릿팝 좋아하세요?」

「네, 학창 시절부터 많이 들었죠. 특히 공부할 때요.」

「좋아하시는 곡은요? 제일 많이 들었던 거라든가.」

「아무래도 〈리브 포에버 Live Forever〉를 많이 듣긴 했죠.」

「오아시스?」

「네, 물론……. 아. 페퍼상사는 앨범 자체를 많이 들었던 것 같고.」

「하하, 어떤 취향이신지 감이 확 오는데요.」

「그래요?」

「한국 밴드 중에는요?」

「들국화랑 부활요.」

민혁은 망설임 없이 대꾸했다.

「으음. 생각보다 엄청 옛날 취향이시네요?」

「뭐, 어쩔 수 없는 거겠죠? 제가 나이가 제일 많다니까.」

「하하, 저랑 한 살 차이 나는데요?」

「하하하, 농담이에요.」

민혁이 새삼스럽다는 제스처를 하며 말했다.

「웬만하면 다 듣긴 했는데……. 굳이 말하자면 쏜애플이랑, 브로큰 발렌타인 정도?」

「혁오 같은 스타일은 어때요?」

「혁오 노래 좋죠. 그래도 록밴드 보컬이 대머리라는 건 아직도 받아들이기가 쉽지 않아요.」

「그건 저도 그래요.」

부장은 금방이라도 웃음이 터져 나올 것 같은 표정이었다.

「하하하, 재밌는 분이 새로 오셔서 좋네요. 부원들이 다 착하기는 한데 말수가 적어서요. 그럼 언제 볼까요? 주말에 시간 되세요?」

졸업 학기가 다 된 민혁이 인디 밴드 동아리에 들어가 보컬을 맡은 건 순전히 우연이었다. 드러머를 맡고 있던 부장과 음악 취향이 똑같았던 것이나 초보자에 불과했던, 군대 간 전 보컬과 민혁의 목소리가 비슷했던 것이나, 생각보다 음감이며 박자 감각이 좋아 금방 밴드 생활에 적응했던 것까지. 누가 짜 놓기라도 한 것처럼, 물 흐르듯 진행되는 모양새가 이상하리만큼 자연스러웠다.

다만 이런 일련의 과정에는 고학년이 되면서 식어 가기 시작한 학구열, 권태로 찌든 연인 관계를 조금이나마 회복해 보려는 마음, 노래

부르길 좋아하는 채은에게 훨씬 멋진 모습을 보여 주고자 하는 욕구가
영향을 미쳤다. 누구라도 그렇게 생각할 수밖에 없었다. 민혁이 유리
동물원에서 발휘한 집중력이며 발전성이란 그렇게밖에 설명할 수 없을
정도로 놀라웠던 것이다.

5
서로의 여집합

Q. 좌표평면에 극좌표로 표현된 심장형 곡선 r=1+cosθ가 있다. 이 곡선의 내부 및 경계에 포함되고 x좌표와 y좌표가 모두 정수인 점을 세 꼭짓점으로 가지는 삼각형의 개수를 구하시오.

(2점)

23

「맞다, 너 밴드 공연이 언제라고 그랬지?」

테이블 맞은편에서 채은이 젓가락을 집어 들고 물었다. 민혁은 식사를 모두 마치고 휴대폰 화면을 응시하고 있었다.

「지난번에 특강 때문에 못 갔잖아. 이번에는 웬만하면 가려고 하는데. 거기가 학교 후문 쪽이라 그랬나?」

「아니, 다른 곳에서 해. 후문에선 이제 안 할 거야.」

민혁이 대답했다.

「어, 왜?」

「잘 모르겠어. 그냥 얘기가 안 된 모양이던데.」

「음, 그렇구나. 새롭게 하는 곳은 어딘데?」

채은이 자기 쪽에 놓여 있던 나물을 집어 먹었다.

「나도 잘은 몰라. 이태원 근방이라고만 들었어.」

「모른다니? 무대 같은 데도 미리 가 보고 하지 않아? 지난번에는 그랬다면서.」

「이번엔 아닌가 보지, 뭐.」

「자기야.」

채은이 길게 올린 속눈썹을 깜빡거리며 민혁을 불렀다. 그녀가 남자 친구의 주의를 불러일으키기 위해 쓰는 방법이었다.

「왜?」

「내가 자기 공연 가서 보는 게 싫어?」

「아니?」

「그런데 왜 말을 빙빙 돌려? 뭐랄까, 은근히 내가 안 왔으면 하는 뉘앙스처럼 느껴져서.」

「그래? 그런 건 아니었는데.」

민혁이 접시에 남아 있던 제육볶음을 불쑥 집어먹었다.

「정말?」

「그냥, 뭐…….」

민혁은 음식을 마저 씹어 삼킨 뒤 말을 이었다.

「굳이 말하자면 그렇지. 우리가 부르는 노래가 누나 취향이랑 잘 안 맞을 것 같다는 생각이 좀 들어서.」

「가서 들어 보지 않으면 모르는 거잖아.」

「내가 노래방에서 부르는 것도 잘 안 들으면서 뭘.」

「그거야 내가 모르는 노래들만 골라서 부르니까 그렇지!」

채은이 벌컥 화를 냈다.

「내가 하는 노래나 밴드에 누나가 관심이 없는 건 아니고?」

「자기는 무슨 말을 그렇게 해?」

「무슨 말을 그렇게 하긴? 맞잖아? 내가 같이 가서 몇 번이나 불렀던 노래도 나중에 다시 하면 기억도 못 했으면서.」

「넌 물어보지도 않았잖아.」

「그럼 델리스파이스 알아? 내가 자주 불렀는데.」

「아, 그건, 기억나는 것 같기도 한데.」

그러나 채은은 쉽사리 대답을 잇지 못했다.

「그건가? 약간 사랑 얘기에, 중간에 막 높게 올라가는 노래?」

「됐어.」

민혁은 긴가민가한 채은의 표정을 지켜보다 자리에서 일어섰다.

「공연은 다다음 주 주말이야. 아직 시간은 안 정해졌고. 그쯤에 내가 이야기해 줄게.」

「자기야.」

「이만 가자. 누나 좀 있으면 수업 시작하잖아. 나도 연습실 가 봐야 하고.」

「아니야? 내가 말한 거?」

채은이 거듭 물었다. 민혁은 대답도 없이 식당 밖으로 나갔다. 여자 친구가 따라 나오기까지의 짧은 시간 동안 담배를 한 개비 꺼내 물었다. 또 담뱃갑이 비어 내다버렸다. 불을 붙이자마자 쌀쌀한 바람이 연기를 훔쳐 달아났다. 세 모금쯤 피우고 있을 즈음, 누군가 걸어 나오는 소리가 들렸다. 민혁이 물고 있던 담배를 바닥에 짓이기고 목캔디를 하나 꺼내 머금었다. 채은은 병적으로 담배 냄새를 싫어하는 사람이었다.

24

민혁은 채은을 배웅하고 나서 곧장 편의점으로 향했다. 거기서 말보로 레드 한 보루를 사서 검은 비닐봉지에 넣고 연습실로 갔다. 드럼 뒤쪽에서 부장이 헤드폰을 벗고 말했다.

「이야, 형도……. 늦게 난 바람이 무섭다더니.」

「그럼, 당연한 거지. 늦게 출발했으면 남보다 빨리 뛰어야 할 거 아냐.」

민혁이 연습실 오른편 구석에 있는 탁자에 보루를 찢어 놓았다.

「너무 진지하게 말하니까 뭐라 대답할지를 모르겠네.」

「뭘. 하루 이틀도 아니고.」

「그러다 일찍 죽어, 형.」

「그런 말 할 거면 가져가질 말든가. 어차피 다 피울 거면서.」

민혁은 새로운 담뱃갑을 하나 집어 바지 앞주머니에 꽂아 넣었다.

「내가 미쳤지. 보컬한테 담배를 가르치다니.」

「가르치다니, 누가 누굴?」

「아녜요, 형.」

부장이 실실거리며 받아쳤다.

「낯간지럽게 존댓말은!」

「하긴 형은 담배 피운 목소리가 좋다니까요. 골초 된 뒤로 보이스가 완전 소울풀해져서.」

「그만하고, 담배나 피우러 가자. 저녁 연습 시작하기 전에 한 대 피워야지.」

「형, 근데 내가 전화할 곳이 있어서.」

부장은 한 손으로 휴대폰을 들고, 나머지 한 손으로 새끼손가락만 다 펴 보이면서 괴로운 시늉을 했다. 딱 보니 여자 친구에게 매일같이 하는 근황 보고 같았다.

「미안, 잠시만…….」

「됐어. 나 혼자 피우고 올 테니까, 여친이랑 실컷 통화하고 있어.」

민혁은 괜히 짓궂게 말하고 빠져나왔다. 밖으로 나오자 곧장 낡은 건물 외벽이 위로 뻗었다. 해가 넘어 어느새 한겨울이었다. 농으로 하던 지구온난화가 정말 있긴 했던 것인지 작년이나 재작년만큼 춥지가 않았다. 춥기는커녕 적당히 싸늘한 냉기 덕에 폐가 상쾌해지는 기분도 들었다. 유리동물원의 연습실은 지하에 있어 공기가 좋지 않았다.

학생회관으로 향하는 길섶에는 오래된 플라타너스 가로수가 늘어서 있었다. 그간 몇 번이고 들이닥친 태풍에도 끄떡없이 버틴 아름드리나무들이었다. B대학에 다니는 학생들은 대부분 그 가로수 길을 좋아했다. 세로로 쭉 늘어진 나무들을 빼면 딱히 특별한 장소도 아니었지만, 적어도 볼품없는 캠퍼스 내에서만큼은 독보적인 운치를 갖고 있었기 때문이다.

가로수 길은 대체로 조용한 편이었다. 실제로 그 근방에는 연습실이며 동아리방이 모여 있는 회관이나 미대생들이 작업용으로 쓰는 컨테이너 이외에는 마땅히 건물이라 할 만한 게 없었다. 그쪽에 용건이 있거나 만날 사람이 있어서 일부러 찾아오지 않으면 구태여 가 볼 일도 없었다. 어디든지 붐비기 마련인 개강이나 축제 시즌을 제외하면, 기껏해야 낙엽을 치우러 온 청소 아주머니 또는 교내 데이트를 즐기는 새내기 커플들 정도가 가끔 찾아올 뿐이었다.

그러나 캠퍼스 커플들을 고깝게 보는 고학번 선배들이란 세상 어떤 대학에든지 있기 마련이다. 그렇게 열심히 공부해서 대학까지 와 놓고, 한다는 짓이 기껏해야 연애질하며 교내 곳곳을 휘젓고 다니는 것뿐이니…… 1년 365일 학업에 충실하느라 이성 따위 거들떠볼 틈 없었던 선배들로선 충분히 속상할 수 있었을 것이다. '가로수 길을 걸어지나는 커플은 무조건 헤어진다'처럼 유치한 전설을 누가 만들었는지는 안 봐도 비디오였다. 조금만 생각해 봐도 어처구니없는 미신이란 걸 알 수 있었다. 이제 막 사랑을 알아 가기 시작한 젊은이들이야 겁먹을 수밖에 없는 처지겠지만.

연습실에 찾아오려는 채은을 굳이 만류하고, 또 함께 캠퍼스를 돌아다니는 동안 실수로라도 그 근처를 걷지 않으려 했던 것은 우습게도 그런 미신 때문이기도 했다. 겉으로는 그런 미신을 믿는 사람들이 멍청한 거라고 일축하던 민혁이지만 조심해서 나쁠 것 없다는 마음도 아주 없진 않았다.

　그래도 여기 돌아다니는 커플들 보면 표정이 참 재밌다니까, 하고 생각하던 찰나였다. 민혁의 뒤에서 인기척 하나가 다가와 말을 걸었다.

　「오빠, 불.」

　여자의 목소리였다. 민혁이 뒤를 돌아보니 자기와 키가 비슷한 여자 하나가 담배 끝부분을 내밀고 서 있었다.

　「아, 깜짝이야! 언제 왔어?」

　민혁은 진심으로 놀란 모양이었다.

　「방금 왔어요. 불 좀 붙여 줘요.」

　「이거 내가 사 온 거지?」

　「탁자 위에 막 쌓여 있어서 하나 들고 왔는데……. 미안, 오빠 거인 줄 몰랐어요.」

　여자가 흠칫하는 시늉을 하며 말했다. 귀 뒤쪽으로 넘긴 단발이 조금 흐트러져 나왔다. 얼마쯤 몸에 밴 담배 냄새와 얼마 되지 않은 샴푸 냄새가 섞여 이상야릇했다.

　「아냐, 피우라고 갖다 놓은 거야. 어차피 밴드 사람들 다 담배 태우니까.」

　민혁은 호주머니에서 라이터를 꺼내 불을 갖다 댔다. 여자는 한 개비를 그대로 물었다. 또 허리를 조금 숙여 능숙한 자세로 담배에 불을 붙였다. 민혁은 예의 냄새가 한결 더 강하게 다가와서 한순간 곤란스러웠다. 여자가 곧 머금었던 연기를 뿜고 나서 물었다.

　「무슨 생각을 그렇게 열심히 해요?」

　「아니, 여기서 뭔 생각은. 그냥 한 대 피우면서 멍 때리고 있었지.」

「그래? 난 또. 머릿속으로 수학 문제 같은 거 계산하고 있는 줄.」

「대충 맞아.」

민혁은 짧게 대답을 한 번 하고, 담배 한 모금을 들이마셔 뱉은 뒤 계속 말했다.

「여기 걸어 다니는 커플들이 1년 내로 헤어질 확률이 얼마나 되는지를 계산하고 있었지.」

「오빠는 왜 갑자기 이상한 콘셉트를 잡고 그래요?」

「콘셉트 아닌데. 진짠데.」

「뭐야, 진짜.」

「몇 퍼센트인지 궁금하지 않아?」

「별로 안 궁금한데.」

「진짜 그럴 거야? 콘셉트 잡는 거 알면 좀 맞춰 줘야 할 거 아냐.」

「아, 몇 퍼센트인데요?」

「98퍼센트야.」

「되게 애매하네. 아, 이거 부장 오빠한테 말해도 되죠?」

「그건 왜? 걔 여자 친구 여기 온 적 있어?」

「왔었어요. 한 세 번쯤?」

「그래? 왜 난 몰랐지?」

「그야 오빠 들어오기 전에 왔었으니까.」

「아아.」

민혁이 고개를 끄덕였다.

「걔는 뭐…… 나머지 2퍼센트에 속한다고 할 수 있지.」

「수학적 확률치고 너무 주관적인 거 아녜요?」

「다 복잡한 계산을 통해서 나온 거야. 내가 괜히 과 수석이었겠어?」

「누가 보면 통계학과인 줄 알겠네.」

「통계도 수학이야. 얘가 뭘 모르네.」

「그래, 그럼 그렇다 치고, 오빠는요?」

「나? 내가 뭐?」

「이번에도 못 오신대요? 오빠 여자 친구분.」

「아, 이번 거?」

민혁은 부쩍 별일 아니라는 듯이 대꾸했다.

「아직 말 안했어.」

「응? 아직도 말을 안 했어요? 공연이 바로 이번 주인데.」

「그러니까. 뒤늦게 말해 봤자 오지도 못할 거고. 꼭 누가 와서 봐야 하는 건 아니니까. 공간도 협소하다고 들었고.」

「그래요?」

「채은이는 우리처럼 음악 취향이 그렇게 마이너하지가 않거든. 달달하고 나긋한 노래나 좋아하지. 대중적인 거…… . 찾아보면 너나 나처럼 징징 울리는 거 좋아하는 사람 별로 없어.」

「왜요? 저도 나긋나긋한 노래 좋아하는데. 검정치마 노래는 하루 종일 들은 적도 있어요. 가을방학도 좋아하고…… . 오히려 징징거리는 건 찾아서 듣고 그러진 않죠.」

여자가 말을 끝마칠 쯤 쌀쌀한 바람이 몇 줄기 불었다. 여태 매달려 있던 잎사귀들이 부비적거리는 소리가 뒤따라 들렸다.

「의외네. 나랑 취향이 비슷할 줄 알았는데.」

「하하, 전 오빠랑 제 취향이 다를 줄 알았어요.」

여자는 말하고 나서 한 번 더 너털웃음을 지었다.

「뭐야……. 그럼 넌 왜 여기 들어온 거야? 지향하는 음악이 완전 다르면.」

「듣기 좋은 음악이랑 연주하기 좋은 음악은 조금 다르죠.」

「그런가?」

「제 베이스 실력으로 공연 설 수 있는 데가 여기밖에 없기도 했고.」

「그건 그래.」

「뭐야, 오빠 보컬도 마찬가지면서. 유리동물원 아니면 어디서 오빠를 보컬로 세워요?」

「그것도 그래.」

민혁은 길가 아스팔트에 쪼그려 앉아서 담배를 비벼 껐다.

「그래도 좀 나아지지 않았어? 몇 달 전보다는 훨씬 좋아졌다고 생각하는데.」

「그거야 몰라보게 달라졌죠. 환골탈태 수준이에요.」

「……그래?」

민혁은 놀라서 되물었다.

「응, 지금 오빠는 어딜 가도 보컬 해야죠. 기본적으로 음색이 좋으니까요.」

「정말로?」

「뭘 새삼스럽게……. 그래도 음역대는 낮은 게 좋아요. 오빠는 높은 음 낼 땐 소리를 이상하게 내거든요. 약간 교성 같다고 해야 하나.」

「그게 핵심이야. 발성법이 따로 있다니까. 익룡 발성법이라고…….」

「아, 됐습니다. 거기까지 하세요.」

여자가 익살스레 받아쳤다.

「아, 그러죠, 까짓것.」

민혁도 맞장구쳤다. 여자가 엷게 웃었다. 민혁은 여자의 가느다란 눈매며 나직이 미소 짓는 얼굴, 규칙 없이 마구 주워 입은 듯한 옷차림 같은 것들이 무척 잘 어울린다는 생각이 들었다.

「미지야. 슬슬 들어갈까?」

이윽고 민혁이 말했다.

「응, 그래요.」

미지가 담배를 밟아 끄면서 대답했다. 그리고 난데없이 뛰어 나가 총총 걷기 시작했다. 민혁은 노랗게 탈색된 미지의 단발머리, 어깨가 살짝 덮인 빨간색 블라우스와 시대착오적 디자인의 청치마, 그 아래로 겹쳐 입은 스타킹과 하이삭스며 가느다란 종아리까지 이어지는 다리 곡선을 차례로 바라봤다. 그러곤 원인 모를 죄책감에 휩싸여 주위를 살피는 것이 꼭 범죄라도 저지른 사람 같았다.

미지는 뒤도 돌아보지 않고 계속 걸었다. 그녀의 뒷모습은 차츰 멀어져 가더니, 머잖아 연습실이 있는 지하 계단으로 내려가 사라졌다. 민혁은 뒤늦게 미지를 쫓아갔다. 발걸음이 계속해서 빨라지고 있었다.

25

「참 내가 별소릴 다 듣네. 통기타라도 좀 배워 놓으라고 그렇게 말해 줄 땐 듣는 척도 안 하더니. 이제 와서 하는 말이 밴드 동아리를 하고 있다고?」

은희는 어이가 없었다. 민혁이 역정을 내며 받아쳤다.

「아, 도와줄 생각 없으면 말아. 필요한 거 있으면 연락 하랬으면서.」

「그거야 그냥 너 때문에 돈 벌었으니까 예의상 말해 준 거지…….」

「왠지 그럴 것 같았어. 그럼 끊는다. 안녕.」

「야, 잠깐만.」

「뭐?」

「넌 계속 보컬 할 거 아냐? 갑자기 내가 쓰던 베이스 교본이 왜 필요한데?」

「아, 안 줄 거면 됐다니까. 끊어.」

「제대로 된 이유를 말해 주면 그냥 줄 수도 있어. 왜 필요한 건데? 보컬 해 보니까 너무 시시하던?」

「이유는 무슨 이유야? 악기 하나쯤 더 배워 놓으면 언젠가 쓸모가 있을 것 같으니까 얘기해 본 거지……. 됐어, 누나한테 전화한 내 잘못이야. 인정해.」

「아, 야!」

은희가 황급히 소리쳤다.

「아, 왜 소리 지르고 난리야? 귀 떨어지겠네……. 왜?」

「오늘 저녁에 시간 되면 우리 연습실 올래? 거기서 택시 타면 딱 30분쯤 걸릴 텐데. 교본도 받아 갈 겸 해서.」

「누나, 나 곧 졸업이야. 여기까지 좀 갖다주면 안 돼? 아님 택배로 보내든가.」

「나도 그러고 싶지. 근데 아무리 남는 베이스라고 한들 공짜로 내주는 입장에 내가 거기로 배달까지 해 줄 순 없잖니?」

은희는 대뜸 얌전을 빼며 말했다.

「주소나 보내 줘. 몇 시까지 가면 되는데?」

민혁이 물었다.

그날은 마침 유리동물원이 두 달여간 준비한 공연이 예정돼 있었다. 돌아오는 저녁에는 몹시 길이 막혔다. 때문에 미리 모여 합을 맞춰 보자는 약속은 허탕이 됐고, 민혁은 부장과 미지를 비롯한 밴드 구성원들에게 몇 번이고 진심 어린 사과를 해야 했다.

라이브클럽의 메인홀 주변으로 관객이 모여 서거나 앉았다. 줄잡아도 50명은 거뜬해 보이는 숫자였다. 홍대나 신촌 같은 곳에서 버스킹을 한 적은 몇 번 있었다. 그러나 그건 어디까지나 지나다니는 행인들을 상대로 한 것이었다. 얼마간의 입장료를 내고 들어온 사람들 앞에 세션으로 서서, 그들의 돈이 허투루 쓰이지 않았음을 증명하는 것과는 몇 차원쯤 차이가 났다.

「다행인 건 이 사람들 대부분이 우리를 잘 모른다는 거지. 당연히 기대도 거의 안 할 거고…….」

그렇게 말하는 부장의 얼굴에도 긴장감이 그득하게 묻어 있었다. 미지는 아무 말이 없었고, 기타는 어긋난 음을 되잡는 데 정신이 팔려 있었다.

문제는 민혁이었다. 그동안 연습을 많이 하기야 했다. 자신감도 꽤 붙었다. 그럼에도 다가오는 차례에 압박감을 느끼는 건 별수 없었다. 특별하게 누구라 할 것 없이 죄다 움츠러들어 있던 유리동물원에서, 오직 자신만이 목소리를 내야 한다는 사실이 엄청난 부담처럼 다가왔다. 무대 위에 올라가면 모든 시선은 자연스레 보컬리스트에게 향하게 돼 있었던 것이다.

「민혁 오빠, 괜찮아요?」

대기실 뒤쪽에서 대기하고 있던 미지가 다가와 말을 건넸다.

「괜찮아. 내 목 상태는 아주 훌륭해.」

민혁은 시선을 딴 데로 둔 채 대강 둘러댔다.

「그래요?」

「그럼. 내가 언제 긴장하는 거 봤어?」

「매번 봤죠. 지금도 보고 있고요.」

미지가 뒤통수를 찰싹 때리며 말했다. 덕분에 민혁은 정신을 차렸다. 그러고 나서 고개를 들자마자 깜짝 놀라 넘어질 뻔했다. 미지의 눈을 그렇게 가까이, 정면으로 쳐다본 것은 처음이었다.

늘 풀려 보였던 미지의 눈이 어느 때보다도 생기 있게 깜빡이고 있었다. 검은자위는 검은색보다도 더 검었다. 까마득한 동공 너머로 자신의 모든 것이 내보여졌다. 흡사 벌거벗은 듯한 기분이었는데, 이상하게도 부끄럽기는커녕 낯익은 편안함이 뇌리와 몸 전체를 감싸 돌았다.

민혁은 더 이상 아무것도 숨길 필요가 없다는 사실이 견딜 수 없을 정도로 기뻤다. 틀림없었다. 확신할 수 있었다. 미지는 아주 오래전부터 알고 있었던 것이다. 유리동물원의 그 누구보다 긴장하고 있었던 사람은 언제나 민혁이라는 걸. 버스킹이나 교내 소극장에서의 공연은 물론이거니와 심지어 연습실에서도 미칠 듯한 긴장감에 사로잡혀 있었다는 걸.

「오늘 들고 온 거, 베이스예요?」

미지가 물었다. 민혁은 여전히 넋이 나간 사람처럼 굳어 있었다.

「응, 펜더 베이스야. 잘은 몰라도 꽤 비쌀걸.」

「와……. 근데 갑자기 베이스는 왜 들고 왔어요? 저 주려고요?」

미지가 눈을 동그랗게 뜨며 재차 물었다.

「그런 건 아니고, 나도 베이스 좀 배워 보려고.」

「오빠가 베이스를요? 왜지? 노래도 잘하면서.」

「지금 와서 하는 얘긴데, 나는 보컬이 안 맞는 것 같아.」

「그렇게 긴장돼요?」

「응, 좀 이따 올라가면 한 소절도 못 부를 것 같은 느낌이 들어.」

「뭐야, 그런 게 어딨어요? 여기까지 온 마당에.」

「그러니까.」

민혁은 납처럼 창백해진 얼굴로 말을 이었다.

「나 이거 끝나면, 미지 네가 베이스 좀 가르쳐 줘. 개인 교습이 좀 필요하거든…….」

「그래요.」

「어…… 뭐라고?」

「그렇게 하자고요. 그렇게 할 테니까, 오늘 무대만 잘 끝내요. 다 같이 열심히 준비했잖아요. 두 달 동안이나.」

「그래, 그랬었지.」

「네, 그러니까 잘 해 봐요. 우리.」

미지는 한쪽 손으로 베이스를 받쳐 잡았다. 그리고 남은 손은 주저앉아 있던 민혁에게 건넸다.

「좋아.」

민혁은 미지가 내민 손을 꽉 잡고 일어났다. 때마침 이전 세션의 무대가 모두 끝났다.

26

「저희 곡은 여기까지였고요. 이제 딱 한 곡 정도 부를 시간이 남았는
데요, 잘 모르시는 저희 자작곡 대신에 커버곡을 하나 준비해 봤습니
다. 뭐 워낙 유명한 노래라서, 아마 여러분 중에도 들어 보신 분들이 있
을 거라 생각이 되는데요.」

민혁이 마이크에 대고 나직이 말했다. 잠깐 동안 정적이 흘렀다. 민
혁은 무슨 곡을 부를지에 관해 유달리 뜸을 들였다. 마지막 곡이니만
큼 청중의 시선을 집중시키는 한편, 뒤에 있던 세션에게도 준비할 시
간을 주기 위해서였다.

희끄무레한 어둠 아래로 관객들 수십 명이 빽빽이 자리를 차지하고
있었다. 긴장했던 것과는 다르게 막상 무대에 오르자 한 명 한 명의 표
정이며 제스처 같은 것들이 전혀 보이지 않았다. 무진장 긴장해 있던
유리동물원에게는 다행스러운 일이었다.

얼마 지나지 않아 신호가 왔다. 준비가 다 됐다는 부장의 사인에 맞

취 민혁이 입을 뗐다. 그 순간이었다. 천장에서 한 줄기 조명이 뻗어 나와 메인홀 일부분을 비췄다.

「마지막 곡은 델리스파이스의…….」

하필이면 말을 끝맺으려던 찰나에 눈이 뜨였다. 흐리멍덩한 어둠 사이로 외출복 차림을 한 채은이 보였다. 그 옆에는 또래로 보이는 한 남자가 앉아 있었다. 무대를 바라보며 지그시 웃고 있던 두 사람은, 언뜻 모르는 사람이 보기에도 사이가 좋아 보였다. 가까스로 결심을 굳힌 민혁이 말을 이어 갔다.

「〈고백〉이라는 노래입니다. 들어 주셔서 감사합니다. 지금까지 B대학 밴드 동아리인 유리동물원이었습니다.」

민혁이 이야기를 끝맺자마자 홀에 있던 모든 전등이 꺼졌다. 무대는 암전. 차가운 서광 한 줄기가 민혁을 향해 돌진했다. 스툴에 걸터앉은 민혁의 그림자가 길게 늘어졌다.

중2 때까진 늘 첫째 줄에
거우 160이 됐을 무렵
쓸 만한 녀석들은 모두 다
이미 첫사랑 진행 중

정말 듣고 싶었던 말이야
물론 2년 전 일이지만
기뻐야 하는 게 당연한데
내 기분은 그게 아냐

하지만 미안해 네 넓은 가슴에 묻혀
다른 누구를 생각했었어
미안해 너의 손을 잡고 걸을 때에도
떠올렸었어 그 사람을

널 좋아하면 좋아할수록
상처 입은 날들이 더 많아
모두가 즐거운 한때에도
나는 늘 그곳에 없어

정말 미안한 일을 한 걸까
나쁘진 않았었지만
친구인 채였다면 오히려
즐거웠을 것만 같아

하지만 미안해 네 넓은 가슴에 묻혀
다른 누구를 생각했었어
미안해 너의 손을 잡고 걸을 때에도
떠올랐었어 그 사람이

하지만 미안해 네 넓은 가슴에 묻혀
다른 누구를 생각했었어
미안해 너의 손을 잡고 걸을 때에도

서로의 여집합
146

　연주가 모두 끝났다. 박수갈채가 이어졌다. 관객들은 유리동물원이 대기실 문 너머로 사라질 때까지 계속해서 앙코르, 앙코르 하고 소리쳤다. 유리동물원은 정해진 시간 안에 모든 연주를 마쳐야 했다. 그러다 보니 앙코르를 대비해 준비한 곡도 없었다. 부장이 빠져나오는 통로 안에서 말을 꺼냈다.

　「그래도 좀 죄책감이 드는데. 이럴 거면 한 곡쯤 더 준비해 놓을 걸 그랬네.」

　「가려고 하니까 붙잡기는. 그러니까 있을 때 잘할 것이지!」

　민혁이 익살스럽게 말했다. 뒤따라오던 미지와 기타가 웃음을 터트렸다. 부장은 무사히 공연을 마쳤다는 것에 몹시 기뻐하는 듯했다. 민혁을 비롯한 구성원들에게 근처에서 한잔하고 가는 게 어떠냐는 제안을 했다. 미지와 기타는 당연하게 따라붙었다. 민혁은 잠깐 들를 곳이 있다는 말을 남기곤 나중에 합류하기로 했다.

　라이브클럽 입구로 돌아가자, 채은과 예의 그 남자가 나란히 서서 기다리고 있었다.

　「자기야, 여기야!」

　「어, 응.」

　민혁은 일부러 어기적대며 다가갔다.

　「오빠, 인사해. 얘가 내가 계속 말했던, 남자 친구 민혁 씨.」

　「안녕하세요. 정채은 사촌 오빠입니다. 이야기 많이 전해 들었어요. 노래 완전 잘하시던데요. 깜짝 놀랐어요.」

곁에 서 있던 남자가 살갑게 악수를 청하며 말했다. 민혁이 멋쩍게 대답했다.

「아, 네. 감사합니다.」

「뭐, 보통이지. 자기한테는.」

채은이 손사래를 치며 말했다. 민혁은 기분이 좋지 않았다.

「자기야. 우리 뭐 먹으러 갈까? 오빠가 서울 온 기념으로 한턱 쏘겠대. 완전 비싼 거 먹어도 돼, 오늘은.」

「그건 좀 힘들 거 같은데.」

「뭐?」

들떠 있던 채은의 표정이 일그러졌다.

「저기, 뭐라 불러야 하죠. 선생님? 그, 채은이랑 단둘이 할 얘기가 있어서 그런데…….」

「아, 그럼요. 차에 들어가 있을 테니까 천천히 얘기하고 와요. 저쪽 당구장 건물 뒤 주차장에 세워 놨으니까 그리로 오면 돼요.」

사촌 오빠는 친절하게 이야기한 뒤 주차장 쪽으로 걸어 떠났다. 라이브클럽이 있는 건물 옆쪽에는 폭이 좁은 골목길이 하나 있었다. 일반적으로 사람들이 다니는 길은 아니고, 주위 상가 관계자들이나 클럽 직원들이 물건을 나를 때 정도나 드나드는 곳이었다. 민혁은 채은을 그 골목으로 데려가 세웠다. 단둘이 남은 골목길에는 주말 밤거리를 맞이하는 빛줄기가 틈입해 왔다. 또 여전히 공연 중이던 라이브클럽으로부터 쿵쿵 하고 울리는 소리가 아스라하게 들렸다. 먼저 말을 꺼낸 건 민혁이었다.

「어떻게 알고 온 거야?」

「네가 얘길 안 해 주니까 물어물어 연습실까지 찾아갔지. 다른 사람은 없고 부장인가? 그분만 있던데. 공연 날짜랑 장소 여쭤보니까 친절하게 대답해 주셨어.」

채은이 조금 여윈 듯한 목소리로 대답했다.

「뭐가 문제야? 내가 연락도 안 하고 갑자기 와서 그래?」

「아니, 그런 거 아니야.」

「그럼? 자기 노래에 반응을 덜 해서?」

「아니야.」

민혁은 딱 잘라 대답했다.

「그럼 왜? 내가 뭘 잘못한 거야? 난 자기한테 우리 사촌 오빠도 소개시켜 주고, 맛있는 것도 같이 먹으려고 한 거야. 깜짝 놀라게 해 주려고 미리 얘기 안 했던 건데, 그게 기분이 나빴으면…….」

「그런 거 아니라니까.」

「그럼 왜? 혹시 오늘 컨디션이 안 좋았어? 그런 거 신경 쓸 필요 없는데. 나도 오빠도 자기 노래 엄청 잘 들었어. 특히 마지막 노래는 너무 좋더라. 그러니까 가사가…….」

「됐어. 그만해.」

「자기야. 그럼 뭐 먹지 말고, 집에 바로 올라가서 얘기 좀 할까? 오빠한테는 그냥 가라고 할 테니까. 자기 몸이 좀 안 좋다고 하고……. 응?」

채은은 한쪽 손을 민혁의 팔에다 슬쩍 갖다 대며 물었다. 민혁은 채은의 손을 뿌리치면서 대답했다.

「집까지 갈 필요 없어. 이쯤에서 그만하자. 헤어지는 게 좋을 것 같아.」

「뭐라고?」

마침내 민혁이 말했다. 채은의 표정이 굳었다.

골목길 너머로 계속해서 자동차가 지나갔다. 수도 없이 헤드라이트
가 깜빡거리는 통에 두 사람이 선 골목은 때때로 번개가 치고, 또는 카
메라 플래시가 빗발치는 포토 라인처럼 보였다.

27

- 고객님이 전화를 받을 수 없어 음성 사서함으로 연결되며……

민혁은 알림 메시지가 다 끝나기 전에 휴대폰을 내려놓았다. 일주일 내내 메시지도, 카톡도, 전화도 안 되는 것으로 미뤄 봤을 때 채은이 모두 차단해 놓은 것이 분명했다.

차단을 먼저 하긴 했지만, 그래도 혹시나 하는 마음에 연락해 본 것이었다. 아니나 다를까, 그동안 연락 가능한 모든 방법이 역차단돼 있었다. 그런 조치가 채은에게는 최소한의 자존심이었을지, 아니면 결연한 다짐이었을지는 민혁으로선 더는 알 방법이 없었다. 어쩌면 앞으로도 알 수 없을지 모른다.

이상하리만큼 실감이 나질 않았다. 헤어지자는 통보를 하고 돌아올 당시에는 좀 허전한 기분이었다. 바로 다음 날 채은과 함께 찍었던 사진이며 이런저런 흔적들을 정리할 때도 묘한 위화감 정도는 있었다.

그러다 이틀째부턴 완전히 괜찮아졌다. 일대일 베이스 교습을 소재로 미지와 개인적인 연락을 주고받기 시작한 것이다.

사람들은 하나같이 이별이 세상에서 가장 고통스러운 일이며 또 제일 극복하기 어려운 것이라 말했지만, 민혁 자신에게만큼은 해당 사항이 없을지도 모르겠다는 생각이 들었다. 그 악명 높은 사랑니마저 뽑다가 죽는 사람이 있는가 하면, 건드리지도 않고 평생 잘 사는 사람이 있지 않은가. 사랑이라고 해서 예외가 없다곤 할 수 없었다. 오히려 이별이라는 것이 너무 슬픈 일이란 인식이 강했던 나머지, 차일피일 결정을 미뤄 온 것일지도 모를 일이었다.

좌우지간 민혁은 자신이 생각했던 것 이상으로 상태가 좋았다. 너무 피도 눈물도 없는 인간처럼 보일까 봐, 은희와는 실제보다 더 슬픈 체하는 말투로 통화해야 했다.

「그래, 조리 잘 하고. 가는 사람 있으면 오는 사람 있는 법이니까. 밥은 잘 먹지? 괜히 이별 노래 같은 거 찾아 들으면서 청승 떨지 말고. 자기 연민 같은 거, 알고 보면 극복에 하나도 도움 안 되거든. 너무 힘들면 아이스크림이나 사다 퍼먹어. 패밀리 사이즈로.」

「그래, 고마워. 누나.」

은희는 전에 없이 따뜻한 말투로 이야기하고 있었다. 민혁은 말하다 말고 또다시 기묘한 느낌을 받았다.

은희와 통화를 마치고 나서도 똑같았다. 그 느낌을 뭐라고 설명해야 할까? 아주 중요한 약속을 까맣게 잊어버린 것 같은. 그런데 도통 무슨 약속이었는지 떠오르질 않는……. 출구 없는 불안감이 모기처럼 귓가에 알짱거리다가 사라지기를 반복했다.

다만 은희의 걱정과 다르게, 민혁이 이별 노래 따위를 찾아 들으며 자기 연민에 빠져드는 일은 없었다. 도리어 듣게 된 건 새로운 만남과 인연, 원인 모를 설렘이며 막연한 기대에 관한 곡들이었다.

「미소가 어울리는 그-녀-. 취미는 사랑이라 하-네-.」

「가을방학!」

미지는 들으란 듯 흥얼거리며 걸어오는 민혁을 향해 외쳤다.

「오빠, 이제 가을방학 노래도 들어요? 언제는 말랑말랑한 건 별로라고 말해 놓고.」

「응, 내가 한참 잘못 생각했어. 들어 보니까 너무 좋더라니까.」

민혁이 미지 앞에 마주 앉으며 말했다. 마침 연습실에는 두 사람밖에 없었다.

미지가 배시시 웃었다. 미지가 얼굴에 그런 웃음을 지을 때마다 민혁은 머리에 전류가 흐르는 것 같았다. 몸 전체에 찌릿찌릿한 기운이 흐르는 나머지, 베이스 기타를 잡는 손가락 끝이 파르르 떨릴 정도였다.

「어후, 손이 왜 이렇게 떨리지, 갑자기?」

「오빠, 연습을 너무 많이 한 거 아니에요? 제가 너무 못한다고 욕해서…….」

「그건 맞아. 너 때문이지.」

「그러니까 보컬이나 잘하라니까……. 그래도 연습해 왔다니 다행이네요.」

민혁이 들썩거리며 말했다.

「조금은 나아졌으면 좋겠는데.」

「저도 그랬으면 좋겠어요, 히히…….」

미지가 말을 마치고 귀여운 웃음소리를 내던 그 순간이었다. 몸을 반쯤 일으켜 세운 민혁의 얼굴이 미지의 시야를 가렸다. 두 사람의 입술은 소리 없이 포개졌다.

잠시 뒤에 민혁은 슬며시 몸을 빼고 눈을 떴다. 상황을 제대로 파악하기까진 꽤 오랜 시간이 걸렸다. 방금 입 맞췄던 미지의 몸 전체가 싸늘하게 얼어 있었다. 손끝은 미동도 하지 않았고 눈도 깜빡이지 않았다. 어찌나 당황했는지 자신이 살아 있다는 사실조차 잊어버린 것 같았다.

「미지야?」

민혁이 말을 건네기 무섭게, 굳어 있던 미지의 몸이 공중으로 솟구쳤다. 그렇게 미지는 붙잡을 틈도 없이, 난데없이 일어나 연습실을 뛰쳐나갔다. 그걸로 끝이었다. 뒤늦게 들어온 부장과 기타가 무어라 말을 하는 모양새였지만 귀에 들리지 않았다.

민혁은 그저 어떻게든 미지에게 사과해야 한다는 강박에 휩싸여 있었다. 그런데 어떻게 사과를 하지? 좋아해서 미안하다고? 아니면 말도 없이 키스해서 미안하다고? 그것도 아니면, 채은과 헤어졌다고 미리 말하지 않아서?

- 고객님이 전화를 받을 수 없어 음성 사서함으로 연결되며…….

모든 게 허상이었다. 대체 어디서부터 잘못 생각한 걸까? 민혁은 그저 눈빛으로도, 아주 자그마한 몸짓으로도 미지와 모든 것을 나눌 수 있다고 믿었다. 미지와 비록 연인은 아니었어도 진짜 연인보다 더 깊은 정신적 교감을 나눴다고 판단했다.

터무니없는 착각이었다. 모든 게 죄다 무너진 뒤에야 명료해졌다. 민혁은 지난 몇 달간 자신이 했던 생각과 말들을 좀체 믿을 수 없었다. 실제로 일어난 일 같지도 않았다. 이를테면 자신이 괴상하기 짝이 없는 마법에 걸려 있었고, 어느 사악한 마녀가 오만에 가득 찬 그를 벌주기 위해 이 모든 일을 벌인 것 아닐까 하는 망상까지 들 지경이었다.

얼마 지나지 않아서 B대학에는 미지의 휴학 신청서가 제출됐다. 또 바로 다음 주에는 민혁의 군 휴학이 뒤따라 접수됐다. 미지의 행방은 아는 사람이 없었다. 민혁은 최전방 어딘가에 있는 부대로 떠났다는 얘기만 전해져 왔다. 그렇게 유리동물원은 두 명의 구성원을 더 잃고 말았다.

감정의 절댓값

Q. 두 사람 사이에는 항상 '동맹 관계' 또는 '대적 관계'가 성립한다고 가정하자. 임의의 n명의 사람들에 대하여 항상 서로 '동맹 관계'인 4명의 사람들이 존재하거나 서로 '대적 관계'인 3명의 사람들이 존재하도록 하는 자연수 n의 최솟값을 구하시오.

(2점)

28

「그래서 어떻게 된 거야? 말을 끝까지 해야지!」

스포츠머리를 한 남자가 꼭 자기 덩치만큼 큰 목소리로 말했다. 강남에 있는 정육 식당은 일요일 저녁에도 몹시 북적거렸다. 십수 명의 직원들이 고기와 술 주문을 받아 쉴 새 없이 움직이고 있었다.

「어떻게 되기는.」

고깃집 내부에서 좌측 중간쯤 되는 자리에, 민혁은 덩치 큰 남자와 마주 앉아 있었다. 방금 입에 들이부은 소주잔을 흔들면서 말했다.

「술잔이 비어서 말을 못 하겠네?」

「와, 이거 사람 돌아 버리게 하네. 아니다, 내가 잘못했지. 잔 받아라, 민혁아. 말년에 휴가까지 나와서 고생이 참 많아. 못난 선임 챙겨 주시느라⋯⋯. 응?」

「뭘. 그만큼 형이 좋은 선임이었다는 거지⋯⋯. 오, 오, 좋아. 거기까지. 응. 크, 기분 좋네, 이거.」

민혁이 선임이 따라 주는 잔을 위로 밀어 올렸다.

「그래서. 어떻게 된 거야? 그 무스탕 입은 여자랑 단둘이 나와서. 어떻게 됐는데?」

「아, 그거? 별일 없었어! 그냥 뭐, 모텔 가서 한판 하고, 다음 날 아침에 한판 더 하고, 나와서 해장국 먹고.」

「와······.」

선임은 이글거리는 눈빛으로 민혁을 응시했다.

「그러고 나서는? 계속 연락하냐?」

「연락은 무슨! 각자 갈 길 가는 거야. 어디 개랑 몸이나 섞었지, 마음도 섞었나? 아니지, 난 걔 이름도 몰라. 앞으로도 영영 모를걸.」

「이야, 진짜 딴 나라 얘기구만. 같은 대한민국 사는데 이렇게 삶이 차이 날 수가 있나?」

선임이 자기 앞에 놓인 잔에 소주를 채우며 말했다.

「형은 뭐······. 나도 학창 시절에 씨름만 했으면 별수 있었겠어? 그냥 상황이 다른 거지. 익숙하지가 않은 거야. 그냥······.」

「아니야. 내가 봤을 땐, 세상에는 너처럼 되는 애가 있고 안 되는 애가 있는 법이거든. 차이가 뭘까? 민혁아, 너는 어떻게 그렇게 여자를 잘 만나고 다니냐? 나한테 비법 좀 알려 줘라. 야, 형 좀 봐줘라! 지금 서른 다 돼 가는데 연애 한 번 못 했다. 넌 내가, 씨발, 불쌍하지도 않냐?」

「딱히 불쌍하진 않은데······. 그까짓 연애, 섹스가 다 뭐라고? 씨발, 열심히 살다 보면 안 해 봤을 수도 있지. 안 그래?」

민혁은 어지간히 혀가 꼬인 모습이었다.

「넌 해 봤으니까 그런 말이 나오는 거지. 나처럼 안 해 본 사람들한테는 그냥 환상의 나라야. 상상으로만 갈 수 있는 곳이지. 혼자서 딸딸이 치는 것도 이젠 졸업해야 하지 않겠냐?」

「형. 연애를 해도 섹스를 해도 자위는 해야 돼. 왠지 알아? 여자는 남자랑 성욕의 빈도나 깊이가 다르거든. 우리는 TV 보면서 불알 긁다가도 확 오고 그러지만, 여자들은 안 그렇다니까. 좀 더 복합적이고 고차원적인 영역이라고 해야 하나……. 결국 남자만 성욕을 느낄 때는, 어느 정도 혼자 해결할 수 있는 방법이 있어야 한다는 거지. 뭐, 그런 얘기야…….」

민혁은 말을 하다 말고 거듭 잔을 비웠다.

「아니, 그럼 다른 여자를 만나면 되지. 섹스 안 할 거면 여자를 왜 만나냐?」

「형은 그게 문제야, 그게. 나한테 원하는 게 섹스뿐인 남자를 누가 매력적으로 보고 접근을 하겠어?」

「난 여자가 나한테 섹스만 원하면 너무 좋을 것 같은데…….」

「으, 젠장. 형, 잘 들어 봐. 예를 들면……, 응, 수학 공식이랑 똑같아. 존중, 배려, 어필, 관리…… 상수값을 확실하게 해 놓고. 변수는 시공간이지. 때와 장소를 잘 맞춰서 정해진 값을 넣으면 돼. 그럼 늘 원하는 값이 나오는 거지. 원리만 알면 간단해. 원래 뭐든지 처음이 어려운 법이잖아.」

「무슨 말인지 전혀 모르겠는데.」

민혁이 머리를 쥐어뜯었다.

「좋아. 그럼 오늘은 대강만 알려 주고, 나머지는 다음에 나올 때 알려 줄게. 이제는 술도 없고.」

「다음에 나올 때는 전역 아니냐, 너는?」

「그러니까.」

민혁이 자리를 털고 일어났다. 기름기 섞여 둔중해진 공기가 주위를 에워쌌다. 시야가 흐리고 머리가 깨질 듯이 아팠다.

29

    정신을 차려 보면 늘 혼자 맞는 아침이었다. 모텔 창문으로 들어오는 햇살은 반드시라고 해도 좋을 만큼 침침하고 위태롭기 일쑤였다. 민혁은 그 밑 침대에 전라로 나부끼듯 누워 있었다. 머리맡에 놓여 있던 휴대폰을 꺼내 시간을 확인했다. 일요일 오전. 9시 반이었다.

  샤워실에는 물이 틀어져 있었다. 처음에는 함께했던 여자가 일찌감치 몸을 씻고 있는 줄 알았다. 그러나 사라진 여자의 옷가지와 텅 비어 있는 지갑으로 말미암아 금세 알아차리고 말았다. 여자는 도망친 지 오래였다. 전 재산을 다 털어 가다니……. 지갑에는 20만 원은 넘게 들어 있었다.

  민혁은 현기증이 나서 침대에 걸터앉았다. 잃어버린 돈은 둘째 치고 머리가 너무 아팠다. 바로 전날 만나 몸을 섞었던 여자의 인상이며 말투, 옷차림, 취했을 때의 걸음걸이와 모텔에 오기까지의 과정 가운데 기억나는 게 단 하나도 없었다. 어렴풋이 떠오르는 거라곤 왼쪽 가슴

밑에 새겨져 있던 타투가 전부였다. 자그마한 하트 모양이었다.

　그나마 휴대폰은 놔두고 간 건 다행스러웠다. 할부도 반년 넘게 남아 있거니와, 요즘 같은 세상에 휴대폰을 잃어버린다는 건 손발이 떨어져 나간 것과 진배없었다. 그래도 여자에게 최소한의 양심은 있었던 건지, 아니면 이미 액정 이곳저곳에 금이 가 있는 바람에 별 가치를 느끼지 못했던 건지는 알 수 없지만. 이왕이면 전자로 생각하는 게 정신 건강에는 이로울 것 같았다. 전화 너머 은희의 목소리가 들렸다.

　「으이구, 한심한 새끼. 전역하고 처음 전화해서 한다는 소리가 뭐? 카드에 돈 좀 넣어 달라고? 내가 네 엄마냐?」

　민혁은 최대한 가엾은 목소리로 호소하듯이 말했다.

　「아, 자고 일어났더니 싹 다 털려 있었는데 나보고 어떡하라고……. 이걸 엄마한테 어떻게 얘기해. 이름도 모르는 여자랑 모텔에서 잤다가 돈 다 털렸다고……. 누나, 엄마 성격 모르는 거 아니면서 왜 그래? 나 진짜 맞아 죽는다니까. 나 좀 살려 주라, 응?」

　「아니, 그냥 죽어. 너 같은 놈은 좀 맞고 죽어야 돼.」

　「아, 누나!」

　「넌 네가 아직도 대학 갓 들어온 새내기 같아? 나이를 스물다섯이나 처먹었으면 정신 좀 차리고 살아야 할 거 아냐? 언제 철들래?」

　「알았어, 철들게. 그러니까 돈이나 좀 넣어 줘. 3만 원이면 돼.」

　「쓰레기 같은 놈.」

　은희는 욕지거리를 내뱉곤 전화를 끊어 버렸다. 민혁의 통장에 5만 원이 입금됐다는 알림은 10분 뒤에야 왔다.

　민혁이 올라탄 택시가 양화대교를 지나고 있었다. 집으로 돌아가는 택시 뒷좌석에서는 대체로 잠을 청하곤 했는데, 그날은 이상하게 잠이 오지 않았다. 그래서 별수 없이 차창 밖이나 쳐다보며 멍을 때리던 와중이었다.

'유리동물원!'

잊고 있던 단어 하나가 번개 같은 속도로 떠올랐다. 민혁은 한참 동안 고민했다. 한번 생각하기 시작한 이상, 무언가 조치를 하기 전까진 잊어버릴 수 없었다. 세상에 산재한 문제들은 보통 그렇게들 생겨 먹었다. 무언가 하지 않으면 언제까지고 거기 그대로 남아 있는 것이다. 참으로 곤혹스러운 속성이었다.

민혁은 부장의 휴대폰 번호로 전화를 걸었다. 잠깐의 침묵 뒤로 통화 연결음이 이어졌다. 다행이었다.

「여보세요?」

부장은 거의 전화가 끊어지기 직전에 연락을 받았다. 민혁은 심장이 덜컥 내려앉는 기분이었다. 몇 초간 창밖을 보며 마음을 가다듬고 나서야 겨우 말을 꺼낼 수 있었다.

「나 민혁이야. 얼마 전에 전역했어. 잘 지내?」

「……」

부장은 별다른 말 없이 숨 쉬는 소리만 몇 번 내다가, 끝내 무미건조하게 대답했다.

「아니.」

민혁은 차라리 전화를 걸지 않는 편이 나았을 거란 생각이 들었다.

유리동물원이 동아리 최소 인원 조건을 채우지 못해 해체된 일이나, 쓰던 연습실을 다른 동아리가 사용하게 되면서 많은 장비를 처분해야 했던 일, 미지를 비롯한 다른 구성원들과는 사실상 연락이 끊긴 채 각자도생으로 지내고 있다는 사실까지. 부장이 말해 준 모든 이야기가 민혁의 마음을 쪼개고 무너트렸다.

결국에는 사흘이나 자기 방에 틀어박혀 울고 말았다. 노상 여유로운 척, 상황을 즐기고 있는 척하던 민혁은 겨우 자신을 부지하기 바빴을 뿐인데. 이제는 그것마저 부러지고 쓰러졌다. 제아무리 잊고 싶은 추억이라고 해도 그런 식으로 파괴되는 건 견딜 수 없었다. 민혁은 이제 아무것도 하고 싶지 않았다. 할 수 없을 것 같았다. 아니, 할 수 없었다.

30

「그럼 다녀올게요.」

민혁이 현관을 나서며 말했다. 그럼에도 안 할 수 없었다. 나가서 뭐라도 해 보라는 엄마의 등쌀에 못 이긴 나머지, 유명한 어학원에 등록해 강의를 듣는 걸로 결론이 났던 것이다.

「그래, 잘 다녀와라. 차 조심하고, 사람 조심하고.」

현관 너머 부엌 쪽에서 엄마의 목소리가 들렸다. 현관문이 바람에 밀려 세게 닫혔다. 엄마는 그 이상 말을 덧붙이지 않기로 했다. 답을 찾도록 곁에서 귀띔해 줄 시기는 지났다. 누군가를 너무 깊이 사랑하다 보면, 자기 자신보다 더 소중히 여기다 보면, 앞장서서 거드는 대신 그저 내버려 두어야 할 때가 반드시 오기 마련이었다.

연말연시가 가까워 오자 한층 차가운 바람이 길거리를 들쑤셨다. 꿉꿉하고 흐린 날씨가 열흘 넘게 이어졌다. 싸라기눈이 흩날린 다음 날은 약속이나 한 것처럼 더 쌀쌀해졌다. 뉴스에서는 뚝 떨어진 기온 탓에 한파 특보가 발령됐다는 소식, 강원도 어느 산간 지방에 눈이 몇십 센티미터 쌓였고 또 얼어붙은 강물 표면이 얼마나 두꺼워졌는지 같은 보도가 이어졌다. 생각할수록 신기한 일이었다. 한두 달 전까지만 해도 열대야로 잠 못 드는 직장인들의 모습이며 어느 도시의 전력 사용량이 예상 수치를 웃돌아 위험하다느니 하는 얘기가 나왔었는데 말이다.

그러거나 말거나 강남역에는 늘 그래 왔듯 많은 사람들이 오갔다. 대형 어학원들이 늘어선 10번과 11번 출구 주변은 특히나 붐비는 곳이었다. 피크라고 할 수 있는 출퇴근 시간에는 출구의 계단조차 줄을 서서 오르내려야 했다.

사람들은 제각기 다른 이유로 강남역을 찾아왔다. 근처 회사에서 일하는 직장인들은 물론, 민혁처럼 마냥 놀 수 없다는 마음에 어학원에 등록한 청년, 역전을 중심으로 다닥다닥 붙어 있는 각종 식당, 편의점, 포차, 패스트푸드점, 브랜드 매장에 고용된 사람들도 있었다. 연말연시를 맞아 가족 또는 연인의 선물을 사러 오기도 했고, 근방 카페에서 업무상 관계자와 미팅을 갖기 위해 찾는 경우도 더러 있었다. 해외에서 온 관광객들도 그런 강남역 주변을 찾아 둘러보거나 사진을 찍고 갔다.

어학원에 등록하는 건 민혁의 아이디어였다. 졸업 후 무슨 일을 할지도 몰랐고, 하고 싶은지도 몰랐지만, 최소한 어학 공부가 뭘 하는 데 방해되지는 않을 것 같았다. 새 커리큘럼이 시작되는 어학원 강의실이란 정확히 그런 생각을 가진 젊음들이 모이는 곳이었다. 각자 다른 방향성과 운동량을 가진 입자들을 모아다 아주 협소한 공간에 구겨 넣은 꼴이었다. 언제라도 폭발해 산산조각이 날 것 같은, 그런 위화감이 늘 학생들 주위를 맴돌았다.

그래서인지 강의실은 대체로 어수선했다. 국내에서 손꼽히는 수재들이 모인 B대학과 비교했을 땐, 단어만 같았지 완전히 다른 차원에 있는 세계 같았다. 잘 아는 친구끼리 삼삼오오 모여 다 들리는 소리로 떠들어 대는 건 예사였다. 원어민 강사가 코앞에 있는데도 휴대폰 화면만 쳐다보는가 하면, 가져온 노트북에 카톡이며 인스타그램을 띄워 놓고 수업이 끝날 때까지 줄곧 타자를 두드리는 사람도 있었다. 꾸벅꾸벅 졸기 시작해 30분이 지난 뒤엔 대놓고 머리를 처박고 자는 학생도 다수였다. 최상급은 아니었지만 어느 정도 수준이 있는 클래스인데도 불구하고 그랬다.

일주일쯤 버티던 민혁은 수업 분위기에 적응할 수 없어 좀 더 높은 클래스로 옮겨 달라고 학원 측에 요청했다. 그러자 이미 등록이 끝난 시점이라 클래스를 옮기려면 비용을 내고 재등록을 해야 한다는 대답이 돌아왔다.

「아니, 아직 일주일밖에 안 됐는데요? 여긴 수강 철회 기간이나, 뭐 그런 게 없는 건가요? 어떻게 방법이 없는 거예요?」

민혁은 전화기에다 대고 한껏 신경질을 내며 말했다. 학원 내 고객센터 직원이 대답했다.

「아, 예. 다른 데는 모르겠는데 저희 학원에는 그런 게 없고요, 말씀드린 것처럼 등록을 취소하고 아예 새로 등록을 하시거나, 아니면 지금 클래스에서 수강하시는 것밖에는 별 방법이 없습니다.」

「방법이 없다는 게 말이나 돼요? 대학에도 수강한 걸 정정할 수 있는 시기가 있고 그렇잖아요.」

「그야, 여기는 대학이 아니라 학원이니까요……?」

직원은 아주 당연하지만 기분 나쁜 얘기를, 업무상 문제의 소지가 되지 않을 만큼 예의 바른 투로 이야기했다. 민혁은 전화를 끊었다.

'내가 여기서 대체 뭘 하고 있는 거지?'

민혁은 집을 나와 강의실로 향하는 매일 아침마다 되뇌곤 했다. 어학원 건물에 들어서면 엘리베이터에서 강의실로 가기까지 거치는 어학원 로비와 휴게실, 복도에 이르기까지 모든 게 번지르르했다. 어학원의 로고나 강의실 팻말을 빼고 보면 학원이 아니라 카페처럼 보였다. 단순히 그 길목을 지나다니는 것만으로도 학구적인 성과가 쌓이는 기분이 들 지경이었다.

실상 자신을 포함한 어학원생들 거의 대부분이 소비하는 것은 '일반 교육 시설에서 경험할 수 없는 고품질의 어학 수업' 같은 게 아니라, 그저 '내가 무언가 열심히 하고 있다'는 착각에 지나지 않았다. 민혁은 불현듯 어학원이며 공시 학원에 드나들던 채은의 모습이 떠올라서, 한층 복잡한 마음으로 강의실 뒷문을 열고 들어갔다.

31

어학원에서 조교 아르바이트를 하는 청년들은 대개 두 부류로 나뉜다. 자사고, 국제고, 외고 등에서 수준 높은 교육을 받으며 명문대에 진학했으나 용돈이 필요했던 학부생이 첫 번째, 영어권 국가에서 유년 시절을 보냈거나 몇 년간의 유학 생활을 하거나 해서 2개 국어 이상이 가능한 귀국 자녀Third Culture Kids가 두 번째다.

어느 쪽이든 뭇 학생에 비해 영어 실력이 뛰어난 편이기는 하지만 어학원 조교가 하는 일(출결 관리, 간단한 워드 작업, 수업 자료 준비 및 배부 등)에 그만큼 우수한 어학 능력이 필수적이냐고 하면 다소 의문부호가 붙는다. 그럴 만한 것이 조교는 어디까지나 조교일 뿐이지 강사는 아니기 때문이다. 그야 학원 입장에선 표면상으로나마 어학원에 고용된 인력이 영어가 미숙하다는 게 용납되지 않는 것일 수도 있지만, 그러고도 어학원 조교를 하겠다고 나서는 인력들이 줄을 섰다니 요즘엔 단순 노가다를 뛰어도 어학 점수가 필요하다, 는 말이 마냥 농담은 아닌 셈이었다. 실제로 대부분의 학생들은 뭔가를 하고 싶어서가 아니라, 뭐라도 못 하게 될까 봐 영어를 배우고 있었다.

하여간 영어도 유창하고 학력도 괜찮은 편인 조교들이 오랫동안 어학원 알바로 머무르는 일은 드물다. 취업난이 이어지면서 1년 넘게 일하는 케이스도 있는 모양이었지만, 대부분은 어학원 조교를 하나의 전초기지처럼 여기는 듯했다. 당장 민혁이 수강하던 클래스에서도 두 번이나 조교가 교체됐던 것이다. 도중에 취직이 돼 버렸다는 이유에서였다.

아무리 별일 없는 조교이기로서니 커리큘럼이 절반도 지나가기 전에 두 번씩이나 교체된다는 건 담당 강사에게도 곤혹스러운 일이었다. 그래서 학원에 호소했는지 어쨌는지, 얼마 후 당분간은 그만둘 것 같지 않은 조교가 민혁이 있는 클래스에 배정됐다.

「전 샐리라고 해요. 잘 부탁해요!」

새로 온 조교의 별명은 그렇게 '전샐리'가 됐다. 이름은 샐리인데 성은 천안 전全씨라는 식이었다. 강사는 원생들의 작명 센스에 경악을 금치 못했다. 정작 샐리는 아무래도 좋은 것처럼 보였지만.

그즈음 민혁은 어학원에서의 생활에 심한 염증을 느끼고 있었다. 엄마가 100만 원이 넘는 목돈을 냅다 꽂지만 않았어도, 일주일 뒤부터 환불도 재등록도 안 된다는 정신 나간 약관을 미리 읽어만 뒀어도, 더 거슬러 올라가 어학원같이 잘 알지도 못하는 곳에 덜컥 가겠다고 말만 안 했어도…… 같은 생각을 아무리 해 봤자 별도리는 없었다. 이미 돈은 내 버렸고, 내내 그만둘까 말까 고민만 하다 절반이나 넘게 지나 버렸다. 이제와 관둔다고 하면 정신적 패배감은 고사하고 엄마에게 죽어라 맞다가 병원 신세를 질 수도 있었다.

'내가 살면서 지금처럼 공부하기 싫었던 적이 있나?'

학창 시절부터 공부 시간으로는 늘 수위를 달리던 민혁이었지만, 그 빌어먹을 어학원에서는 기이하리만치 집중이 되질 않았다. 시끄럽게 구는 타 학생들이나 엉망으로 꼬인 수업 분위기 같은 건 고등학교 교실에서도 마찬가지였는데. 더 심하면 심했지 덜하진 않았다.

'만에 하나 세상에 풍수지리상 죽어라 노력해도 공부가 안 되는 지역이 있다면? 그중의 한 곳이 다른 데도 아닌 강남이고…… 교활한 사업가들이 꼭 그런 곳들만 골라서 학원을 지은 것이라면?'

민혁은 점심시간에도 강의실에 혼자 남아 있었다. 강사와 다른 학생들은 끼니를 해결하기 위해 밖으로 나간 지 오래였다. 평소라면 턱도 없을 생각들이 거듭 머리를 때려 댔다.

'하하하하, 이제 모든 문제가 선명해졌군. 그게 아니라면 이런 금싸라기 땅에 몇 층짜리 학원 같은 걸 지어 댔을 리 없지……. 정말 그래. 이제 곧장 학교를 뛰쳐나가서 이 추악한 진실을 알려야겠다. 이 썩어 문드러진 사회에 경종을…….'

「여기서 뭐 해요?」

「아, 깜짝이야!!」

순간 깜짝 놀라 책걸상과 함께 뒤집어질 뻔한 것을, 민혁은 가까스로 중심을 잡아 일으켰다. 지나치게 골몰한 나머지 다가오는 인기척도 느끼지 못했다. 샐리의 목소리였다.

「괜찮아요? 미안해요, 놀래라고 그런 건 아닌데.」

「아, 네. 네…… 전 괜찮아요.」

「어디 안 다쳤어요? 약 안 발라도 돼요?」

「네, 부딪힌 데도 없고, 피도 안 나요. 다 괜찮아요.」

「그럼 다행이네요. 밥은 먹었어요?」

「아뇨.」

「음? 밥을 왜 안 먹어요?」

「배가 부르면 잠이 와서요. 잠이 오면 수업에 집중이 잘 안 되고.」
민혁은 대충 둘러대고 있었다.

「아아, 그래도 뭘 좀 먹어야 좋을 텐데.」

「괜찮아요.」

「잠시만요. 제가 가방에 과일을 좀 싸 왔거든요. 같이 먹어요.」

샐리는 메고 있던 크로스백을 몸 앞쪽으로 젖혀 열었다. 그리고 가
방 안에서 책받침만 한 너비의 밀폐 용기를 꺼내 놓았다. 반투명한 뚜
껑 아래로 먹기 좋게 자른 사과, 방울토마토, 키위, 오렌지가 빽빽이 들
어차 있는 것이 보였다.

「아, 저, 진짜 괜찮은데.」

「저도 괜찮아요. 그러니까 같이 먹어요.」

샐리는 막무가내였다. 점심때의 강의실은 지나치게 조용했다. 학생
과 강사들은 물론 복도 너머 로비의 직원들이나 행정 업무를 보는 사람
들까지 모두 밥을 먹으러 나갔으므로 따지고 보면 당연한 귀결이기는
했다. 그래도 처음 말을 섞은 샐리와 민혁이 과일 씹는 소리며 종일 켜
져 있던 형광등에서 '이이잉' 하는 소리까지 들리는 건 심히 어색했다.
수십 분 전과 같은 장소라는 사실이 도통 믿기지 않았다. 그동안 민혁
은 단 한 발자국도 움직이지 않았는데.

샐리는 이십 대 중반의 젊은 조교였다. 세련된 이목구비에 살짝 위로 치켜올린 아이라인이 도도한 인상을 주었는데, 생글생글 웃고 다니는 덕에 실제로 까다롭다는 느낌은 전혀 없었다. 밝은 갈색 단발은 목덜미 뒤로 말려 들어가 단정한 느낌을 주는 한편으로 이국적인 분위기가 물씬했다. 다만 관상만 놓고 봤을 땐 한국적인 인상이 강해 혼혈보다는 해외 동포에 가깝게 느껴졌다.

외국에서 살다 온 덕분일까? 키는 민혁에 비해 5센티미터 정도 작았지만 비율이 좋고 다리가 길어 보였다. 얼굴은 계란형에 제법 볼륨 있는 몸매였으며, 자신 있는 걸음걸이와 늘씬하게 뻗은 다리 곡선이 뭇 남학생들의 시선을 끌었다. 쭉 뻗은 허리며 탄력 있게 부푼 허벅지는 매일 열심히 헬스장에 다니는 모습을 상상하게끔 했다.

옷차림은 길쭉한 청바지에 옥스퍼드 셔츠 또는 프릴이 달린 밝은색 블라우스, 가끔씩 단조로운 무늬의 맨투맨을 번갈아 입었고, 뉴발란스 로고가 새겨진 스니커즈와 갈색 로퍼를 주로 신고 왔다.

여기에 유창한 영어 실력까지 더해지다 보니 여학생들에게는 선망과 질투의 대상이, 남학생들에게는 동경과 환상을 심어 주는 존재로 여겨졌다. 학원에 말없이 와서 말없이 돌아가는 민혁과는 정반대에 있는 인물이었는데 그런 사람과 단둘이 마주 앉아 과일을 나눠 먹고 있었으니 여간 불편한 상황이 아니었다.

민혁은 여자와 대화하는 것이 무섭지 않았다. 처음에야 그런 적도 있었지만, 이제는 이성 간의 긴장감을 어느 정도 즐길 수 있는 수준이 돼 있었다. 그럼에도 샐리에게는 대부분의 이십 대 여자들과 다른 불가사의함이 있어서, 처음 못지않게 벌벌 떠는 소리가 새어 나왔다.

「맛있네요.」

민혁이 먼저 말을 꺼냈다. 하지만 본인이 생각한 것보다 너무 작은 소리로 말했던 건지, 아니면 샐리가 남의 말을 잘 안 듣는 타입의 여자였는지는 몰라도 한참이나 대꾸가 없어 데면데면했다.

「……..」

「아. 전 강의 시작되기 전에 준비를 좀 해야 해서 미리 왔어요.」

「그러시군요.」

민혁의 맞장구는 심드렁했다. 조금쯤 복수심이기도 했다.

「민혁 씨는 강의 열심히 들으시죠?」

「아? 어, 음……. 뭐, 남들 하는 만큼 하는 것 같은데…….」

샐리가 자신의 이름을 어떻게 알고 있나 싶어 잠깐 놀랐다가, 이내 그녀가 출석 관리도 담당한다는 사실을 기억해 냈다.

「에이, 남들 하는 것보다는 더 하던데요?」

샐리는 마지막으로 남아 있던 키위 한 조각을 입에 넣고서, 밀폐 용기의 뚜껑을 닫아 잠갔다.

「이 클래스에서 스터디 한 번도 안 빠지고 다 온 사람도 민혁 씨밖에 없고요.」

「그래요?」

「네.」

「그런 줄 알았으면 한두 번쯤 빼먹는 건데.」

「아하하!」

샐리가 터트린 웃음소리가 빈 강의실에 왕왕 울렸다. 결국에 민혁은 따라 웃고 말았다.

7
불확정성의 원리

Q. 서로 다른 3가지의 색을 이용하여 정육면체의 여섯 면을 색칠하는 방법의 수를 구하시오. (단, 사용하지 않는 색이 있을 수도 있으며, 회전하여 일치하는 것은 같은 것으로 본다.)

(3점)

32

「저, 고졸인데요. 어느 대학 다니냐고 물어보셔도 대답하기가 좀…….」

「고졸요? 아, 외고? 아니면 국제고?」

민혁은 못내 당황한 티를 내며 다시 물었다.

「아뇨, 검정고시인데.」

「이제 알겠다. 해외에서 살다 오셨구나? 몇 년이나 살았어요?」

민혁이 속으로 '그렇지!' 하고 손뼉을 치며 말했다.

「저 외국 나가 본 적 없는데요.」

「뭐라고요?」

민혁은 아연실색해서 되물었다.

「아, 그래도 비행기는 타 봤어요. 고향 집이 제주도라서.」

「…….」

「아하하하……. 알았어요. 그런 표정 그만 지어요. 미안하니까.」

샐리는 그렇게 말하면서도 대단히 즐거워 보였다.

「그죠? 농담이었죠?」

「하긴 제가 캘리포니아에서 온 것같이 생기긴 했죠.」

「아하, 캘리포니아 어디요? LA? 샌프란시스코?」

「아, 제주도라니까 그러네.」

「그놈의 과일 몇 조각 먹고 밤에 커피까지 샀는데 이러기 있어요?」

민혁이 특유의 억울한 시늉을 하며 호소했다.

「이러기 있냐고요.」

「아, 근데 정말이라니까요. 저 제주도 출신이고, 해외는 가 본 적 없어요. 토종 한국인이랍니다, 호호.」

「…….」

「그런데 말은 맞죠. 일부러 그렇게 보이려고 꾸민 거니까.」

「음? 꾸몄다고요?」

「네, 인터넷이랑 유튜브에 많거든요. '서양 여자들처럼 메이크업하는 법'이라고 검색하면 영상이 300만 개는 나올걸요?」

「놀리는 거 아니고요?」

「네, 정말이에요. 맹세해요.」

샐리가 부쩍 진지한 투로 대답했다.

「어학원 알바를 하고 싶은데, 교포처럼 안 보이면 잘 안 뽑아 주거든요. 게다가 저는 대학교도 안 갔으니까. 이렇게라도 해야 조교라도 시켜 주죠.」

「그럼, 이름은 왜 샐리예요?」

민혁은 여전히 의심쩍다는 눈을 하고 물었다.

「원래 이름은 설가영이에요. 경주 설씨 36대손이고요. 천안 전씨가
아니라서 놀라셨나요?」

「아? 그런 건 아닌데.」

샐리는 곧 숨이 넘어갈 것처럼 웃어 대기 시작했다.

「절 놀리는 게 그렇게 재밌어요?」

「솔직히 말하면 좀 그러네요. 미안해요.」

「미안할 것까진 없죠, 뭐.」

「하긴 그래요.」

샐리는 한 마디도 지지 않을 속셈 같았다.

「그래서, 하필 샐리인 이유는.」

「알고 보면 단순해요. 샐리의 법칙Sally's law에서 따온 거거든요.」

음, 정말 알고 보니 단순하네, 라고 민혁은 생각했다. 샐리는 느닷없
이 커피 잔을 집어 들었다.

「어렸을 때 제 별명이 뭐였는지 아세요?」

「뭐였는데요?」

「'설상가상'이었어요. 참 너무하지 않나요?」

「글쎄요. 민주혁명당보다는 나아 보이는데…….」

민혁이 자못 심각하게 말했다.

「아니, 아무리 이름이 비슷해도 그렇죠. 사람 이름이라는 게 얼마나
중요한데요. 오죽하면 이름대로 산다는 말이 다 있겠냐고요.」

「뭐, 일리는 있다고 생각해요. 베컴도 이름이 '데이비드 베컴'이 아
니라 '디켐베 무톰보' 같은 거였으면 인기가 절반은 줄었을 테니까.」

「아아니, 그래도 설상가상이라뇨. 그거 때문에 제가 얼마나 속상했

는지 아세요? 별명이 그 모양이라 사는 것도 그랬어요. 뭐 하나 잘못되기 시작하면 도미노처럼 무너지기 시작해서, 진짜 생각지도 못한 일들이 일어나 버리고 그랬죠.」

「예를 들면?」

「제가 어렸을 때 뭐 좀 사 달라고 어리광을 한 번 부렸나 봐요. 뭔지는 지금 기억도 안 나는데……. 하여튼 엄마 아빠가 그거 때문에 싸우기 시작해서 이혼까지 갔죠. 저는 엄마랑 같이 살았고요. 그런데 거기서 끝이 아니었어요. 여기서 끝나면 설상가상이 아니잖아요? 엄마가 전업주부였거든요. 그런데 덜컥 이혼하고 나니까 할 만한 일이 없었어요. 재산을 나눠 갖기는 했는데 원래부터 여유로운 집이 아니다 보니……. 그러다가 엄마가 생각해 낸 게 뭔지 아세요?」

민혁은 침을 꿀꺽 삼켰다. 왠지 모르게 긴장이 됐다.

「화장품 영업 판매였어요. 아, 젠장…… 그때 말렸어야 했는데.」

「다단계였나 보네요?」

「두말하면 잔소리죠. 그나마 있던 돈도 다 날리고. 그렇게 넓지도 않았던 아파트에서 단칸방으로 옮겨 살기 시작했어요. 그때부터였던 것 같아요. 엄마가 툭하면 저를 때리기 시작한 게요.」

「괜찮아요?」

샐리는 손을 휘저으며 말을 이었다.

「아, 일단 끝까지 들어나 봐요. 이제 시작이니까. 진짜 죽는 줄 알았다니까요. 농담이 아니라. 밥 안 주는 건 뭐 하루 이틀도 아니고. 야밤에 술 마시고 물건을 던지질 않나, 자고 있는 딸내미를 발로 뻥 걷어차지를 않나……. 그래. 시간이 지나고 나니까 아주 조금 이해는 돼요. 엄마 본인은 얼마나 잘해 보고 싶었겠어요? 어떻게든 살아 보겠다고 시작한 일이 그렇게 됐는데.」

「그래도 자식을 그렇게 때리면 안 되는 거죠. 화풀이하려고 낳은 것도 아닌데.」

민혁은 연방 화가 난 것처럼 덧붙였다.

「그래서 아빠한테 자주 연락했어요. 아빠가 제 얘기를 잘 들어 줬죠. 심심찮게 용돈도 보내 주고요. 그런데 재혼하셨다는 소식을 듣고 나니까, 그렇게 전화하는 것도 눈치가 보이더라고요. 오히려 아빠가 안부차 전화해 오면 제가 일부러 끊고 그랬어요. 아빠가 행복했으면 했거든요.」

「나이치고 어른스러웠네요.」

「그럴 수밖에 없었죠. 혼자 살아남아야 했으니까.」

「혼자요?」

「엄마가 자살하셨어요. 고등학교 들어간 지 얼마 안 돼서요.」

「지어낸 거 아니죠?」

「이런 얘길 누가 지어내요? 너무 비현실적이라 아무도 안 믿을걸요.」

「그런데 세상에 그런 일들이 생각보다 자주 일어나잖아요.」

「그래서 골치가 아픈 거예요. 난 정말 있었던 일을 이야기한 건데, 듣고 나면 하나같이 뻥치지 말라고만 하잖아요. 그래서 나중에는 그냥 얘기도 안 하게 되더라고요. 엄마 아빠 둘 다 해외에 출장 가 계신다고 둘러댔죠, 그냥.」

「그런데 왜 저한테는 얘기하는 거예요?」

「만만하게 생겼잖아요.」

「…….」

「아하하! 뻥이에요. 민혁 씨 정도면 꽤 먹히는 인상인데요, 뭘.」

샐리는 남은 커피를 쭉 털어 마신 다음 말을 이었다.

「그래서 스무 살 때까지는 외가 쪽 친척집에서 자랐어요. 학교로 돌아가도 정상적으로 다니진 못할 것 같아서, 그냥 검정고시로 해 버렸죠. 그거 되자마자 틈틈이 모아 둔 돈 들고 서울로 올라왔어요. 눈칫밥 먹는 것도 질렸고. 섬 생활도 지긋지긋했고.」

「그랬나요?」

「거기에 아빠가 서울에 있다는 소식도 들었고요.」

「아하.」

「연락 끊고 살다가 이제 와서 받아 달라곤 할 수 없잖아요. 그래도 잠잘 곳 정도는 마련해 주시지 않을까 해서, 동사무소 쏘다니면서 수소문을 했는데……. 이미 한국에 안 계셨던 거예요! 설상가상으로!」

「기왕이면 엎친 데 덮친 격으로 해요. 마음이 좀 아파서.」

민혁이 씁쓸한 미소를 지으며 말했다.

「그거나 그거나. 아무튼 그때부터 길거리 생활을 하면서 세상 쓴맛, 신맛, 똥 맛까지 다 보면서 살았죠. 개처럼 일해서 보증금 마련하고, 월세 벌고……. 그러다가 우연히 알게 된 거죠. 페이스북으로 아빠가 전에 쓰던 전화번호랑 이메일 같은 걸 써서 막 검색하다가, 아빠가 새 가족이랑 호주로 이민 가셨다는 걸 뒤늦게 알았어요. 저한테 새 동생이 생겼다는 것도.」

「막막했겠네요.」

「전혀요. 오히려 힘이 넘쳤어요. 단순히 사는 걸 넘어서 목표가 생겼잖아요.」

「목표요?」

「네, 저도 호주로 가려고요. 당연한 거잖아요. 제 가족이라고 할 만한 사람이 호주 말고 다른 곳엔 없는데.」

「그건 그러네요.」

민혁은 머쓱한 기분에 괜히 주변을 둘러봤다. 카페는 사람이 절반쯤 들어차 있었다. 두 사람 옆 테이블의 남학생은 헤드폰을 쓴 채 동영상 강의에 집중하고 있었다.

「그런데요, 아빠한테 간다고 해서 받아 줄 거라는 보장은 없지 않나요? 책임질 여유가 없을 수도 있고. 아니면 새 가족과의 삶에 집중하고 싶을 수도 있고요.」

「그럴 수도 있겠죠. 그렇지만…….」

샐리는 막힘없이 대답해 나갔다.

「저는 빌붙어 먹으려고 거기 가는 게 아니거든요. 보고 싶고, 곁에 있고 싶으니까 가는 거죠. 사랑하는 가족이니까. 가서 남자 친구도 사귀고, 결혼도 하고, 행복하게 사는 모습을 아빠한테 보여 드릴 거예요. 그래야 아빠도 맘 놓고 새 가족이랑 행복하게 살 수 있지 않을까요?」

「듣고 보니 그것도 맞는 말 같네요.」

「그래서 그때부터 죽어라고 영어를 공부하기 시작했어요. 그 나라 말도 모르고 덜컥 갔다간 밥벌이나 할 수 있겠냐고요. 맨땅에 헤딩도 정도가 있지. 전 거기서 제대로 된 일을 구해서, 정말 제대로 된 삶을 살 거거든요. 그런 결심이 드니까 할 일이 명확해졌죠. 영어 사전을

사서 처음부터 끝까지 외우면서, 다 외운 페이지는 찢어서 먹……지
는 않았지만요.」

「방금은 실패한 조크네요. 부끄러워하지 말고 끝까지 했어야죠.」

민혁이 기계처럼 끼어들어 말했다. 샐리가 가볍게 쏘아붙였다.

「웃기지 말고 잠자코 들어요.」

내색은 안 했지만 조금 부끄러워하는 것 같았다.

「제가 머리가 아예 나쁘진 않았던 건지, 집에서 혼자 공부하는데도
실력이 금방금방 늘었어요. 인터넷 수강도 병행하면서 스피킹도 리스
닝도 제법 되기 시작했죠. 그렇게 3년 동안 하다 보니…… 짠! 토익에
서 만점을 받았답니다. 대단하죠?」

「네, 대단하네요.」

「영혼 가득한 리액션 감사하고요……. 그런데 독학으로는 어느 정
도 한계가 있었다, 뭐 그런 얘기죠. 막상 호주까지 갔는데 외국인 앞에
서 얼어 버리면 아무짝에도 쓸모없잖아요? 그런데 저한테 어학원 다닐
돈이 있었느냐? 알바를 세 개나 뛰면서 월세 내고 공과금 내면 남는 게
없는데 무슨 학원을 다녀요? 그런데 한번 발상의 전환을 해 봤어요. 돈
내고 못 다닐 학원이라면, 돈을 받으면서 다녀 보는 건 어떨까, 하고.」

「확실히 정상적인 사고 회로는 아닌 것 같아요.」

「그래서 이력서를 몇 군데 냈는데 다 떨어졌어요. 면접에도 안 불러
주더라고요. 어학 점수가 아무리 좋아 봤자 검정고시 출신이니까. 원
어민 수준으로 하는 해외파가 널려 있는데 절 뽑을 이유가 없었겠죠.
그때부터 연구해서 이렇게 됐죠. 외국인은 못 돼도 외국에서 온 것 같
은 사람인 척은 할 수 있는 거니까. 최종적으로는 여기 취직해서 수업

도 몰래 듣고, 원어민 강사랑 프리토킹도 하고, 피드백도 주고받고, 그러면서 2년 반이나 근속을 했다……. 뭐, 그런 얘기예요. 끝!」

「잘 들었어요. 정말 긴 얘기였네요.」

민혁은 다소 목이 멘 듯한 소리로 응답했다.

「그렇죠? 아하하……. 이런! 영어 이름을 샐리로 지은 이유를 말 안 했네요. 그건 그러니까…….」

「아, 그건 됐어요.」

별안간 민혁이 샐리의 말허리를 끊었다.

「이젠 좀 알 것 같거든요. 대강은…….」

「어머, 정말요? 좀 감동인데요.」

「그럼 커피도 다 마셨으니까.」

「슬슬 일어날까요?」

샐리가 몸을 살며시 일으켰다.

「그 전에 질문 하나만 더 하고 가도 될까요? 실례가 아니라면.」

「음, 길게는 못 할 거 같은데요. 곧장 정리해야 할 강의 자료가 하나 있어서.」

「그럼 생각해 보고 나중에 답변 주셔도 돼요. 전화번호도 드렸으니까.」

「뭔데요? 혹시 사귀자는 건 아니죠?」

「아뇨, 그런 건 아니고……. 하하하!」

민혁은 더 이상 웃음도, 궁금증도 참을 수 없었다.

「제 말은……. 화는 안 났나요? 그러니까, 말도 없이 호주로 가 버렸잖아요.」

「안 났어요.」

샐리는 확신에 가득 찬 어조로 말했다. 놀라울 정도로 선명한 목소리였다.

「조금 당황하기야 했죠. 갑자기 멀리 가 버렸다니까……. 그런데 괜찮았어요. 사랑하는 사람이 멀리 떠났다면, 저도 따라가면 그만이에요. 그러니까 화나지 않았어요. 언젠가 다시 만날 테니까요. 얼마나 오래 걸리든 간에.」

「그렇군요.」

「자, 그럼 충분한 대답이 됐나요?」

「네.」

「아하하, 생각보다 너무 간단한 질문이었네요. 솔직히 좀 긴장했는데.」

샐리가 너스레를 떨며 말했다. 민혁이 맞장구쳤다.

「그러게나 말이에요.」

카페를 나서자 간만에 햇볕이 쨍쨍했다. 멀리 알 수 없는 곳에서 참새 우는 소리도 들려왔다. 비로소 해가 바뀐 것 같았다.

33

이따금 민혁과 샐리는 오래 연락했다. 하루에도 다섯 시간씩 통화하는 날이 있는가 하면, 사나흘씩 아무런 기별 없이 지낼 때도 있었다. 그전까지 연락 빈도에 관한 문제로 얼마나 많은 어려움을 겪었었는지, 내내 안 보이던 어느 날 불쑥 마주쳐도 전혀 어색하지 않은 샐리의 존재가 신기할 따름이었다. 민혁은 낯설면서도 무척 편안한 느낌이 들었다. 서로의 침묵이 무관심이 아닌 신뢰의 상징이 된다는 것이.

어학원에서의 마지막 시험을 준비하느라 열흘이나 얼굴조차 보지 못하다 기필코 만났던 그날 역시 그랬다. 민혁도 샐리도 매일 만나던 사람처럼 익숙하고 자연스러웠다. 흐리던 하늘이 점차 어두워지다가 끝내 비가 쏟아졌다. 가랑비로 시작한 빗줄기가 장대처럼 굵어지는 데만 세 시간이 걸렸다.

「비 오면 생각나는 음악 있어?」

민혁이 물었다. 샐리는 미간을 살짝 찡그렸다.

「글쎄, 그런 건 딱히 없는데. 비 오는 날에 혼자 음악 듣고 그런 타입이 아니라서.」

「그럼 좋아하는 음악도 없어?」

「챙겨 듣지는 않고……. 그냥 웬만한 건 다 들어.」

「제일 많이 듣는 건?」

「옛날 팝송을 좀 많이 듣긴 해.」

「팝송?」

「웸이나 신디 로퍼 같은 거.」

「솔직히 그런 쪽엔 관심이 없어서 잘 모르겠네.」

「너도 한 곡 들으면 알걸?」

샐리가 고개를 슬며시 돌렸다. 그러곤 나지막이 노래를 부르기 시작했다.

「If you're lost…… you can look…… and you will find me…….」

「아, 그거 제목이 뭐야?」

민혁은 숫제 알아들은 체를 했다.

「〈타임 애프터 타임 Time after time〉.」

「가사가 좋은데.」

「그래서 좋아해. 너는? 좋아하는 음악 있어?」

「응, 한때 엄청 좋아했던 게 있었지.」

「뭐였는데?」

「몰라.」

「모른다고?」

「사라졌거든.」

민혁이 대답했다. 샐리는 의아해하며 거듭 물었다.

「왜 사라졌는데?」

「잘 모르겠어. 아마 나 때문일걸.」

샐리의 눈썹과 입술이 동시에 치켜올려졌다. 그러고 나서 세상에서 가장 편안한 목소리로 말했다.

「흠, 그럴 수도 있지.」

그 뒤로 두 사람은 아무런 말도 없이, 그냥 창가에 마주 앉아 있었다. 하는 일도 딱히 없었다. 미리 약속이라도 한 것처럼 나란히 턱을 괴고는. 카페의 유리 벽면을 따라 흘러내리는 빗물을 하염없이 쳐다보고만 있었다.

그렇게 몇 시간이 지나 날이 저물고 밤이 깊어 갔다. 그대로 얼마나 시간이 지났을까, 어느덧 카운터에 있던 직원이 다가와 말을 건넸다.

「저어, 손님? 저희가 이제 마감 시간이라…….」

「아, 죄송합니다. 정리하시는 줄도 모르고. 곧 나갈게요.」

민혁은 퍼뜩 정신을 차리고 대답했다.

「네, 시간이 참 빠르죠? 벌써 자정이 다 됐잖아요.」

직원이 말했다.

「맞아요. 시간만큼 빠른 게 없죠.」

이번에는 샐리가 말했다. 시선은 여전히 창밖에 내리는 빗줄기를 향하고 있었다. 이제 마감이라니 나간다고 말은 했지만, 우산이 없었다. 두 사람 다 비가 올 줄은 모르고 있었다. 그래서 아무도 우산을 들고 오지 않았던 것이다. 그런 사정을 아는지 모르는지, 빗줄기는 한층 더 표독스럽게 내리꽂히고 천둥 번개까지 치고 있었다. 그때였다.

「으아아아아아아아아!」

돌연 샐리가 비가 쏟아지는 자정의 도로로 뛰어들었다.

「이야아아아!」

「야, 야! 뭐 하는 거야!」

민혁은 엉겁결에 따라나섰다. 동시에 묵직한 빗줄기가 귓등을 때리며 퍽퍽 소리를 내기 시작했다.

「샐리! 어디야!」

「Here! I am!」

폭풍우 한가운데 샐리가 양팔을 벌리고 서 있었다. 일순간 번개가 번쩍했다. 눈도 제대로 못 뜬 채로, 넘치는 자유에 겨워 허우적대는 그녀의 모습이 민혁은 꼭 영화 〈쇼생크 탈출〉의 앤디 듀프레인 같다는 생각이 들었다.

「Harry! come here!」

'저쪽은 완전히 다른 영화를 보고 있는데……' 하고 생각할 즈음이었다. 민혁은 저도 모르게 대답이 튀어나왔다.

「I'll be right there!」

샐리는 머리부터 발끝까지 흠뻑 젖은 몰골로 다가온 민혁을 있는 힘껏 껴안았다. 양손으로 턱을 붙잡고 입을 맞췄다. 자정의 빗줄기 속에는 천둥이 치고, 번개처럼 사랑이 되살아났다.

불확정성의 원리

34

민혁과 샐리는 급한 대로 근처 모텔 방에 함께 들어갔다. 술한 방울 마시지 않았음에도 불구하고 어딘가 취한 것처럼 껴안고 나뒹굴었다. 서로 몇 번이고 키스를 퍼부었다.

침대 위에 자빠진 상태에서 민혁은 지지 않으려 안간힘을 썼다. 자신을 깔아뭉갠 샐리를 상대로 몇 번이나 자세를 뒤집으려고 몸을 일으켰다. 그러나 시도하는 족족 샐리의 완력에 의해 제압당하고 힘이 빠지기를 반복할 뿐이었다. 샐리는 사악한 웃음을 짓고 있었다.

「어딜, 평소에 운동 좀 하지 그랬어.」

「으…… 으윽…….」

그보다 민혁은 샐리 쪽이 무지막지하게 센 것 아닌가 하는 생각이 들었다. 목구멍을 튀어나오기 전에 으깨진 말소리가 기묘한 신음 소리로 바뀌어 나왔다. 한참이나 몸이 깔려 있어 숨 쉬기도 곤란스러웠다.

「좋아, 튕긴다 이거지!」

샐리가 위에 입고 있던 와이셔츠 앞섶을 스스로 뜯어 열었다. 발그
스름한 유방 한 쌍이 예고도 없이 튀어나왔다. 노브라였다. 모텔 바닥
에 자그마한 단추 몇 개가 나뒹구는 소리가 들렸다. 민혁의 허리는 샐
리의 튼튼한 허벅지 사이에 끼어 고정돼 있었다. 샐리는 한두 번 입
꼬리를 씰룩거리더니, 이번에는 민혁이 입은 셔츠를 젖혀 올려 벗기
기 시작했다.

「가만히 있어. 옷 찢어지겠다, 야!」

「아, 안 돼.」

민혁은 다 죽어 가는 소리로 겨우 말했다.

「뭔 소리야, 안 되긴 뭐가 안 돼?」

「안 돼. 안 된다면 안 되는 거야.」

「아…… 오늘 괜찮은데. 곧 이틀 뒤에 생리 시작하거든. 나 주기 엄
청 정확하니까.」

샐리는 아예 민혁을 자빠뜨릴 각오를 하고 나온 듯했다.

「아, 그런 문제가 아니라니까!」

민혁은 샐리의 다리에 힘이 빠진 틈을 타 최대한 몸을 빼냈다. 반 넘
게 벗겨진 셔츠를 도로 내려 입었다.

「이제 그만해. 난 이러고 싶지 않아.」

모든 동작을 멈춘 샐리가 딱딱하게 굳은 표정으로 물었다.

「왜?」

「나도 몰라.」

「넌 내가 싫어?」

「아니, 사랑해.」

「…….」

「그러니까 서두르고 싶지 않아. 앞으로도 계속 같이 있을 거니까. 그렇게 할 거야.」

「넌 그럴지 몰라도, 난 서둘러야 해.」

「그게 무슨 소리야?」

「내일 비행기거든.」

「뭐?」

「내일 아침에 곧장 인천공항으로 가야 돼. 정오에 이륙해서 상하이에서 경유하거든. 거기서 세 시간 대기한 뒤엔 그대로 시드니행이야.」

「갑자기 그런 말을 한다고? 이런 상황에서?」

민혁은 이보다 더 혼란스러울 수가 없다는 듯이 물었다.

「살다 보면 중요한 일들은 다 갑자기 일어나잖아. 그치?」

샐리는 방금 했던 말이 정말 별것 아니라는 식으로 말했다. 마치 오늘 길을 걷다가 귀여운 강아지를 봤어, 같은 얘기를 꺼낸 것처럼.

「페이스북으로 아빠한테 메시지를 보냈었어. 아빠를 만나려고 지금 열심히 준비하고 있다고. 몇 년 동안 착실히 공부했는데, 앞으로 1년만 더 하다가 내년에 찾아갈 거라고 그랬지. 과연 아빠가 이 메시지를 읽을 수 있을지 모르겠지만 정말 많이 보고 싶다고 했어. 오랫동안 게시물도 없고 거의 휴면 계정이나 다름없어서 정말 읽을 줄은 몰랐는데. 근데 몇 달 만에 답장이 와서 뭐라는지 알아? 더 기다리지 말고 지금 당장 오래. 왜 이제야 연락했느냐면서……. 아빠는 엄마가 죽고 내가 실종된 줄 알았다는 거야.」

「정말 기가 막히는데.」

민혁이 비아냥거렸다. 샐리는 아랑곳하지 않고 말을 이어 갔다.

「그러니까 말이야. 아마도 외가 친척들이 대강 둘러댔던 모양이야. 그쪽이 아빠를 많이 미워하거든. 엄마가 죽은 것도 다 아빠 탓이라면서. 내가 아니라고 몇 번을 말해도, 사람은 믿고 싶은 것만 믿기 마련이니까……. 하여간 아빠가 항공권 끊으라면서 돈까지 넉넉하게 보내 줬고, 그동안 여권이며 비자며 준비가 다 끝났어. 조교 일도 너 있는 클래스까지만 마치고 그만둔다고 미리 말했지.」

「그럼 나는 왜 만났던 건데? 가서 짐이나 챙길 것이지.」

「나는 한국에 딱히 미련은 없어. 멀리 떠난다고 잡아 줄 사람도, 슬퍼해 줄 사람도 없거든. 나한텐 그나마 제일 가족 같은 게 너라서, 떠나기 전에 얼굴이나 한 번 보고 가고 싶었어. 내가 좋아하는 사람과 밤새도록 질펀하게 보내는 걸 한국에서의 마지막 기억으로 남기고 싶기도 했고.」

「넌 미쳤어.」

민혁이 경멸조로 말했다.

「확실히 정상은 아니지. 웃기지 않아? 한국에서 20년 넘게 쭉 살았는데, 떠나기 전에 제일 보고 싶은 사람이 만난 지 몇 달도 안 된 우리 민혁이였다는 거야. 이렇게 보면 사람 관계라는 게 참 묘하고 이상하지? 만난 시간이 짧다고 해서 마음까지 얕지는 않다고 해야 할까?」

「집어치워. 나는 집에 갈 거야. 어떻게 너 같은 인간을 사랑할 수 있어?」

민혁은 벌떡 일어나 옷매무새를 가다듬었다. 샐리는 과히 의미심장하게 물었다.

「후회하지 않을 자신 있어? 방금 했던 말이나…… 지금 나가 버리는 거.」

「자신 없어. 그래도 갈 거야.」

「가지 마.」

「왜?」

「네가 싫다면 강요하지 않을게. 난 너한테 너무 미안해서 조금이라도…….」

「사과를 누가 그딴 식으로 해? 말이 되냐고!」

민혁은 분에 못 이겨 고함을 질렀다.

「미안해.」

「…….」

「그러니까 여기 와서 누워. 같이 꼭 껴안고 자자. 그 정도는 해 줄 수 있잖아. 응? 부탁해, 제발.」

샐리는 전에 본 적 없는 태도로 애원하고 있었다. 민혁은 몇 분 동안 그대로 서서 내적 갈등에 시달렸다. 바깥에는 아직도 비가 내리고 있었다.

샐리와 껴안고 잠들기 위해선 젖은 옷도 모두 벗어야 했다. 민혁은 그녀가 덮혀 놓은 이불 안쪽으로 천천히 파고들었다. 차갑게 식었던 몸이 삽시간에 뜨거워졌다. 샐리의 몸이 농염한 체취와 함께 안겨 왔을 때, 민혁은 오감이 마비돼 하마터면 정신을 잃을 뻔했다.

「어때. 부드럽고 따뜻하지?」

샐리가 민혁의 볼에 입 맞추고 나서 귀엣말로 속삭였다.

「응.」

「그럼 이제 잘까? 비도 맞았고. 씨름까지 해서 피곤할 테니까…….」

「그래. 잘 자, 샐리.」

하지만 완전하게 흥분된 상태로 잠든다는 건 어지간히 쉽지 않았다. 민혁처럼 혈기 왕성한 이십 대 남자의 경우엔 더욱 그렇다. 샐리처럼 매력적인 여자가 바로 곁에 벌거벗고 있는 상황이라면 사실상 불가능에 가깝다. 한 시간쯤 지났을 무렵엔 도저히 참을 수 없는 지경에 이르렀다.

「자? 안 자면 하나 물어봐도 돼?」

「…….」

샐리는 아무 대답이 없었다.

「왜 같이 가자고는 말 안 해?」

「…….」

샐리는 이미 자고 있었다. 민혁은 살면서 그날만큼 밤이 길게 느껴진 적이 없었다.

8
사랑의 극한값

Q. 서로 다른 8종의 생물이 살고 있으며, 서로 다른 두 종은 항상 포식-피식 관계를 갖는 생태계가 있다. 이 생태계에서 서로 다른 두 종 A와 B가 공유하는 피식자가 존재할 때, 두 종 A와 B가 경쟁 관계에 있다고 하자. 이 생태계에서 경쟁 관계에 있는 서로 다른 두 종 A, B의 순서쌍 (A, B)의 개수의 최솟값을 구하시오.

(4점)

35

민혁이 눈을 떴을 땐 덩그러니 혼자가 돼 있었다. 익숙한 상황이었지만 역시 기분은 좋지 않았다. 머리맡에 있던 휴대폰을 더듬어 집었다. 시계를 확인했더니 정오가 조금 지난 시간이었다. 설마 하는 마음에 주위를 둘러봤다. 아니나 다를까 샐리는 흔적도 없이 사라져 있었다. 뜯겨 나갔던 와이셔츠 단추도 남김없이 회수해 갔다. 하기야 지금쯤이면 이미 인천공항에서 상하이행 비행기에 몸을 싣고 있을 것이었다.

모든 게 끝났다. 자신도 모르게 잠들었다. 밤을 꼴딱 새서라도 배웅 나가려고 했는데. 후회가 밀려들었다. 민혁은 침대에 주저앉은 채 고개를 가로저었다. 그까짓 늦잠 때문에, 인생에 단 한 번 올까 말까 한 인연을 인사도 없이 떠나보냈던 것이다. 그렇게 괴로움이 솟구칠 때쯤 이상한 소리가 귀를 간지럽혔다.

뭐지, 이 소리는? 몸을 다 일으키기도 전에 쏴아아아, 하는 샤워기

소리가 들려왔다. 민혁은 잠깐 동안 자신의 귀를 의심했다가, 이내 굳은 표정으로 침대에서 일어났다. 그리고 물소리가 나는 샤워실을 향해 살금살금 걸어 다가갔다.

물론 샤워실에는 아무도 없었다. 당연한 일이었다. 샐리는 유일한 가족을 찾아 호주로 떠난 것이다. 만난 지 몇 달밖에 되지 않은…… 까놓고 말해 제대로 사귄 남자 친구조차 아닌 민혁을 위해 출국을 미루거나 취소할 가능성은 애초부터 0에 수렴했다. 잠깐이나마 새로운 기대를 가졌던 자신이 너무도 한심스러웠다. 해바라기 샤워기에서 밋밋한 물줄기가 흘러나와 민혁의 머리와 어깨를 적셨다.

머잖아 민혁은 정신을 차렸다. 샐리가 떠났다 한들 삶은 계속됐다. 더구나 통상적인 모텔 퇴실 시간은 오전 11시였다. 후딱 정리하고 빠져나가야만 추가 비용을 지불하지 않을 수 있었다. 그렇게 샤워기 레버에 손을 대려던 순간이었다.

포장도 뜯기지 않은 일회용 비누 아래 길쭉하고 뻣뻣한 쪽지 한 장이 놓여 있었다. 민혁이 종이를 빼내서 보니 쪽지가 아니라 티켓이었다. 당일 오후 1시에 인천에서 이륙해…… 시드니로 가는 직항이었다. 티켓 왼쪽 귀퉁이에는 For Harry라는 짧은 메시지가 샐리의 필체로 남아 있었다.

36

「당연히 못 갔지! 지금 그걸 질문이라고 해?」

「아니, 너는 왜 화를 나한테 내냐? 좀 물어볼 수도 있는 거지.」

민혁이 냅다 큰 소리로 내질러 말했다. 은희는 왼쪽 새끼손가락으로 귀를 파고 있었다.

「상식적으로 생각을 해 봐. 그때 호주행 비행기를 탔으면 내가 지금 누나 앞에 있겠냐고.」

「왜? 그때 호주 갔다가 사흘 만에 돌아왔을 수도 있잖아. 난 그럴 수도 있다고 생각했어.」

「왔다가 갔다가, 왕복 비행기만 타도 사흘은 넘겠다. 호주가 무슨 여의도처럼 2, 30분 만에 갈 수 있는 곳도 아닌데.」

「그래서. 갈 거야, 말 거야?」

「어딜? 다음 달 누나 결혼식?」

은희는 침착하게 받아쳤다.

「아니, 거긴 안 와도 되고. 호주 말이야. 지금 보니까 샐리한테 완전히 꽂혔는데 뭘. 여기서 혼자 지낼 수 있겠어? 아니면 그전같이 난봉꾼 행세나 하면서 살 거야?」

「난봉꾼이라니?」

민혁은 당황한 기색이 역력했다.

「왜, 싫으면 걸레라고 해 줄까?」

「진짜. 아들인지 딸인지 몰라도, 누나 자식으로 태어나면 얼마나 고생일지 상상도 안 돼……. 정말 너무 불쌍해. 안 그래?」

「닥쳐, 우리끼리 알아서 잘 할 테니까.」

「어련하시겠어.」

「그래서 갈 거야, 안 갈 거야?」

「어떻게 가?」

「어떻게 가긴? 항공권 끊어서 가지.」

「아, 그런 말이 아니잖아.」

「그럼? 벌써 다른 여자라도 생겼니?」

「아니. 난 아직 졸업도 못 했고, 좀 늦긴 했지만 영어도 형편없고, 그동안 모아 둔 돈도 없고…….」

「기꺼이 적금을 깨 줘야지! 우리 아들이 사랑을 찾아 떠난다고 하면 엄마는 항상 자식의 사랑을 응원한단다.」

어느새 큰방에 있던 엄마가 대화에 끼어들었다.

「엄마는 미쳤어.」

「이게, 엄마한테 말하는 본새 좀 봐!」

은희가 곧장 민혁의 머리를 때렸다.

「아야!」

「괜찮아, 은희야. 더 때려도 돼.」

「이모는 왜 민혁이를 더 안 때려요? 아직 철들려면 더 두들겨 맞아야 할 것 같은데.」

「이모는 이제 폭력 같은 건 쓰지 않아.」

엄마는 조곤조곤하게 대답했다. 민혁이 중얼거렸다.

「거짓말.」

「사실은 민혁이 아빠도 툭하면 내가 때렸거든. 그 사람 요절하는 데 조금이라도 영향을 끼치지 않았을까 싶어서…… 많이 반성을 하게 되더라고.」

「아.」

「아마 그렇진 않을 거야. 엄마가 진짜 때릴 땐 아프기만 하고 크게 안 다치는 곳만 골라서 때리거든. 아빠도 그렇게 두드려 맞고 피멍 한 번 안 들었다잖아, 하하!」

민혁은 일부러 크게 웃으며 이야기하고 있었다. 그런 사실이야 엄마도 은희도 잘 알고 있었다.

「그래도 살다 보니까 별일이 다 있단 말이야. 우리 위대하신 은희 여사가 속도위반으로 결혼할 줄 누가 알았겠냐고?」

「내가 몸만 덜 무거웠어도 넌 이미 죽었어.」

「대학생 때 여성학 강의 듣고 나서 뭐라고 했더라. 난 결혼 같은 거 죽어도 안 할 거라고, 그딴 건 여성을 억압하고 구속하는 가부장적 권력의 재생산에 불과하다고 그랬잖아.」

「누구나 그런 시기를 겪는 법이지. 젊은이들의 사상은 가끔씩 과격

할 필요도 있는 거야.」

「방금 건 너무 궤변인데.」

「그리고 너랑 돌아가신 이모부 같은 케이스를 보면 꼭 그렇지만도
않더라고.」

「그건 그래. 난 어디 가서 엄마한테 맞았다고 말도 못 한다니까. 어
떤 아들이 성인 다 돼서 엄마한테 두들겨 맞고 사냐면서.」

「그게 많이 억울했어?」

뒤에 앉아 있던 엄마가 질문했다. 민혁은 왠지 변명하듯 대답하고
있었다.

「아니, 억울한 것보단…… 억눌린 표현욕이 있었다, 뭐 그런 거
지…….」

엄마는 빙긋이 웃어 보이며 말했다.

「그럼 됐어, 호호호…….」

37

점장은 민혁이 앉아 있는 테이블에 캔 맥주를 콱! 하고 내려 놓았다.

「이놈, 생각해 보니까 완전히 날 갖고 놀았네?」

「아니, 갑자기 이렇게 급발진하기 있습니까? 전 그냥 옛날 생각도 나고 그래서…… 차나 한잔 얻어 마시려고 온 것뿐인데요.」

민혁이 몸을 뒤로 슬쩍 피하며 대꾸했다.

「급발진은, 이 자식아. 상식적으로 말이 되냐고.」

「아, 뭐가요?」

「페퍼상사는 자주 들었는데 존 레넌을 안 들었다고? 뭔 말도 안 되는 얘길 하고 있어.」

「왜요? 그럴 수도 있죠.」

「그럴 수 없어. 피자를 자주 먹었지만 치즈는 먹은 적이 없다고 말하는 게 말이 된다고 생각하냐, 너는? 아이고, 그 유명한 곡을 모른다고 할 때 농담인 줄 알았어야 했는데…….」

점장은 겨우 자리에 앉아 맥주 캔을 집어 땄다. 그러곤 갑갑해 죽을 뻔한 사람처럼 한참을 들이마셨다.

「무슨 소리예요. 그거랑 이거랑은 다른 문제예요. 그리고 그건 진짜 안 들은 거란 말이에요. 그 노래 제목이, 〈러브 Love〉였나요? 제목도 헷갈리네.」

「〈오, 마이 러브 Oh my love〉야. 그걸 안 들었다고?」

「네, 안 들었죠.」

「네가 뭔데 존 레넌을 '안' 듣는다고 하는 거야? 못 들은 것도 아니고.」

「그건 개인 취향이잖아요. 존중해 주시면 안 되나요?」

「존 레넌은 취향 같은 게 아니야. 하나의 시대고 장르지.」

「허! 잘돼 가던 밴드 내팽개치고 나간 개망나니가 아니라요?」

한순간 민혁의 안색이 점멸했다. 눈썰미 좋은 점장은 그 표정이며 말투에 은근히 묻어 있던 냉소를 놓치지 않았다.

「그러니까 네 말은 그거야? 존 레넌이 비틀스의 배신자라고?」

「뭐, 배신자까진 아니겠지만요.」

민혁은 밤이 늦어 불 꺼진 카페테라스를 잠깐 쳐다봤다.

「책임감은 없었다 이거죠. 뭔가 일을 저질러 놨으면 수습해 보려는 의욕 정도는 보여 줘야 할 거 아니에요?」

「의욕까지 없었을까 봐? 본인도 나름대로 잘 해 보려고 노력했겠지. 단순히 우리가 모른다고 해서…….」

「그렇다고 결과값이 바뀌나요? 전 존 레넌 같은 부류의 인간이 제일 싫어요. 뭐든지 자기 맘대로 하고, 그래서 다른 사람들에게 온갖 영향은 다 끼쳐 놓고……. 그러다가 어느 날 혼적도 없이 떠나 버리잖아요. 작별 인사도 한 번 없이! 늘 그런 식 아니었나요? 차라리 희망이라도 주지 말든가요. 제가 왜 그런 인간의 노래를 들어야 합니까? 듣기 싫을 수도 있는 거 아니에요?」

점장은 곁에 있던 캔 맥주 하나를 더 집으며 말했다.

「그러냐? 내 생각은 좀 다른데.」

「뭐가 다른데요?」

「너한테는 존이 뭐든 싸질러 놓고 도망치기만 하는 인간이라고 생각될지 모르겠지만……. 그래, 그럴 수도 있지. 그렇게 받아들여서 존의 노래를 안 들었다고 하면 나도 할 말은 없어. 그런데 있지, 이건 알아 둬야 해. 세상에 일어나는 모든 일들이 상대적이라는 거.」

「전형적인 꼰대 레퍼토리네요.」

「꼰대라고 생각해도 좋아. 난 어차피 꼰대니까. 이젠 젊지도 않고. 몸도 정신도 늙을 만큼 늙어 버렸다. 그런데 난 존이 무책임하다기보단 너무 순수한 인간이 아니었나 싶어.」

「어유, 질려 죽겠어. 그놈의 순수함이라니.」

「너, 성격이 많이 변했구나. 여기서 일할 때랑은 완전 딴판인데.」

「그래요? 그럴 수도 있죠. 시간이 꽤 지났으니까…….」

이번에는 민혁이 들고 있던 캔이 비었다. 민혁은 캔 속에서 찰랑거리던 맥주 몇 방울을 목에 털어 넣고, 옆에서 새 캔을 집어 뚜껑을 뜯었다.

「그래. 그럴 수 있지……. 민혁이 네 입장에선 존이 떠나는 사람일 수도 있어. 그런데 적어도 요코에게는 먼저 다가온 사람이지. 가지고 있다고 생각했던 걸 모두 내려놓고 그녀에게 모든 걸 쏟아부었잖아. 넌 뭔가를 그렇게 사랑해 본 적 있어? 모든 걸 잃어도 상관없다, 그저 그 존재를 위해 할 수 있는 전부를 해 주고 싶다고 생각한 적이 있느냐고.」

「그런 건 사랑이 아니에요. 그냥 본인 욕구에 충실한 것뿐이죠. 그렇게 치면 마약이나 사이비 종교에 모든 걸 쏟아붓는 사람도 순수한 사랑이게요?」

민혁은 뻗대는 투로 받아쳤다.

「그럴 수도 있겠지. 단지 슬프다는 차이만 있을 뿐이야. 세상에 사랑할 게 하나도 남지 않아서, 약물이나 미신에 빠져 자기 파괴적인 삶을 사는 게 안쓰러울지언정 엄청 잘못한 일이라곤 할 수 없지 않니? 잘못한 건 그런 사람들에게 진심 어린 사랑 대신 그런 못된 것들을 쥐여 주는 족속들 아니야? 게다가 괴한한테 총 맞아 죽은 건 무책임한 게 아니야. 그냥 세상에는, 그런 일들이 일어나는 거지. 기쁜 일이 일어나는 만큼 슬픈 일도 일어나. 가족을 포함해 존을 사랑하는 많은 사람들에겐 그저 슬픈 일에만 그치지 않았겠지만.」

「그러니까요. 자기 파괴. 사랑이 아무리 좋다고 한들 자기 파괴적이어선 안 되는 거예요. 그런 건 장기적인 관점에서는 전혀 도움이 안 되거든요……. 삶은 스프린트가 아니라 마라톤이고, 그러니까 끝까지 함께 달리려면 애초부터 합이 잘 맞는 사람을 찾을 수밖에 없어요. 제가 만약 존이었다면, 요코같이 막돼먹은 여자보단 폴한테 더 잘해 줬을 거라고요.」

「글쎄, 난 너랑 달라. 나라면 같이 잘 달릴 수 있는 사람을 찾진 않을 거야. 달리기 실력이나 속도가 맞는 사람들끼리만 함께 달린다면, 그건 그거대로 웃기지 않아? 난 차라리 내가 업고서라도 함께 가고 싶은 사람을 찾겠지. 끝까지 가지 못하더라도 말이야. 내가 좋아하는 사람과 낙오되는 거라면 썩 나쁘지 않은 거 아닐까?」

「완주하지 못할 거면 마라톤 같은 걸 왜 뛰죠? 집에서 발 닦고 잠이나 잘 것이지. 일단 스타트를 끊었으면 끝까지 달려서 골인해야 하는 거예요. 그게 자기 인생에 책임을 지는 방법이죠.」

「그렇게 혼자 종착점에 도착한다고 뭐가 남지? 결승선 주위에 널 둘러싸고 함께 기뻐해 주는 사람들이 없으면 뭐가 있겠니? 혼자만의 보람과 뿌듯함? 그런 건 얼마 가지도 못해. 얼마쯤 지나면 철저하게 혼자 남았다는 사실을 깨닫고…… 견딜 수 없이 슬퍼지겠지! 실제로 많은 사람들이 그런 착각을 해. 우리의 종착점이라는 게 어디 우주 바깥에, 지금 우리로선 상상도 할 수 없는 환상적인 곳에 있을 거라 생각한다고. 사실은 그렇지 않은데.」

「그럼 어디 있는데요? 종착점이라는 게……. 결국 어딘가로 수렴하는 곳이 있을 거 아니에요? 시간이 무한히 지난다고 가정하면요.」

「글쎄, 그건 모르지. 사람마다 다르기도 할 거고…….」

「거봐요. 그런 소리는 누가 못 해? 참 나!」

「그래도 이렇게는 말할 수 있지.」

점장이 테이블에 캔을 탁, 소리가 나게끔 내려놓고 말을 이었다.

「우리가 오늘을 버틸 수 있는 건 언젠가 맑은 날이 찾아올 거라서가 아니야. 비오고 눈 내리는 날을 함께해 줄 사람이 곁에 있어서지.」

「저는 무슨 말인지 전혀 모르겠는데요. 너무 취해 버려서.」

「그럼 어쩔 수 없지. 집까지 데려다주랴?」

「아뇨, 괜찮아요. 혼자 갈 수 있어요.」

「누구나 처음엔 그렇게 생각하지.」

「정말 괜찮다니까요!」

민혁이 소리쳤다. 점장은 더 이상 대꾸하지 않았다. 그저 말없이, 뚜벅뚜벅 걸어 카페를 빠져나가는 민혁을 빤히 쳐다보다가…… 이윽고 어질러진 테이블을 치울 뿐이었다.

38

민혁은 참으로 오랜만에 B대학 캠퍼스를 찾았다. 대학교는 민혁과 같은 일개 학생이 없어도 잘만 굴러갔다. 지난 몇 년 동안에도 많은 일이 있었던 모양이다. 텅 비어 있던 공터에 못 보던 건물이 올라가 있는가 하면, 과 점퍼를 자랑스럽게 걸치고 다니는 새내기들은 쉴 새 없이 웃음을 터트렸으며, 한때 파릇파릇했던 후배들은 다 죽어 가는 몰골로 도서관 주위를 배회하고 있었다. 주위를 둘러싸고 있던 거의 모든 게 변했고, 변해 가고 있었다.

그런 와중에도 도서관 열람실이나 그 내부의 66번 좌석처럼 전혀 변하지 않은 것들도 있기는 했다. 책상 모퉁이에 빼곡히 적어 놨던, 이제는 잘 떠오르지도 않는 수학 공식들도 대여섯 개 남아 있었다. 민혁은 한때 자신의 지정석이나 다름없었던 그 자리에 슬쩍 허리를 대고 앉았다. 그러자 문득 옛날 생각이, 밤이 다 가도록 문제 해결에 몰두했던 그 시절이 생생히 떠올라 공부를 시작했다.

머리도 기계도 계속 써먹어 버릇해야 잘 쓸 수 있다 했던가. 군대 복무 기간을 포함해 수년간 책상을 떠나 있다시피 했던 민혁에겐 어느 것 하나 쉬운 문제가 없었다. 뇌세포 개수가 한창일 땐 반쯤 졸아 가며 풀었던 것들인데도. 증발해 버린 개념과 원리 그리고 문제 풀이에 필요한 스킬까지 다 회복하려면 꽤 오랜 시간이 필요해 보였다. 그러나 멀리 돌아온 민혁은 알고 있었다. 그가 사는 우주에서 시간만큼이나 내 편인 것도 달리 없다는 것을.

한동안 민혁은 불꽃같은 학구열에 빠져 지냈다. 하루 24시간을 넘어 일주일 넘도록 도서관에서만 지내기도 했다. 책상 위에는 항상 아무 생각 없이 몰두할 만한 문제가 있었고, 영 잃어버렸다고 생각했던 감각들이며 집중력들도 하나둘 되살아났다. 한편 일찍이 도서관에서 민혁을 본 적이 없던 학부생들은 그를 평범하게 고생하는 대학원생쯤으로 여겼는데, 한 달쯤 지나자 몇 년 전 교수의 갑질 때문에 과로사한 대학원생의 유령이 최근 66번 좌석에 돌아와 공부하곤 한다는 괴담이 입소문을 타기도 했다. 민혁이야 돌아온 고향에 푹 빠져들어 아무것도 들리지 않았겠지만.

「요즘 통 고민이 많나 봐.」

엄마가 휴대폰 밑동을 입 가까이 대고 말했다. 은희가 어리둥절한 목소리로 대꾸했다.

「왜요? 최근에 민혁이 잘하고 있을 텐데. 오늘도 도서관에 있지 않아요? 집에도 잘 안 들어가고.」

「아니, 너 말이야. 민혁이 말고.」

「아, 저요?」

「응.」

엄마가 따뜻한 말씨로 대답했다.

「저야 뭐, 고민이 산더미죠. 부족한 신혼살림은 말할 것도 없고. 아파트 융자에 곧 애까지 나오게 생겼으니까. 신랑도 육아휴직을 쓰네 마네 하고 있는데 그동안 잘 버틸 수 있을지 걱정이고 그래요.」

「당연히 그럴 거야. 그런데, 무섭지는 않니?」

「무섭지 않냐고요? 갑자기?」

은희답지 않게 당황한 말투였다.

「그래, 한순간에 너무 많은 게 변해 버렸으니까. 그렇지 않을까 해서……. 나도 그랬거든. 애 아빠랑 막 결혼하고, 민혁이 태어나기 직전이 제일 힘들었어. 내가 제대로 잘 가고 있나 싶고.」

「저도 그래요, 이모.」

「그래?」

「솔직히 말하면. 요즘엔 밤마다 제가 너무 확 질러 버렸나 하는 생각이 들고 그래요. 어느 날 갑자기 너무 마음에 드는 사람을 만나서 관계를 맺긴 했지만 임신은 전혀 예상을 못 했으니까. 제가 만든 밴드도 나름 잘돼 가고 있었고, 지난번에 낸 앨범도 수익이 꽤 괜찮았거든요. 저 자체가 워낙 음악을 좋아하기도 하고. 그런데 그걸 다 포기했잖아요. 잠깐 쉰다고 말하긴 했지만, 그렇게 공백이 있고 나서도 제가 잘할 수 있을지 모르겠어요. 1, 2년 뒤에 돌아간다고 제 자리가 그대로 있을지도 모르는 거고, 그러기는커녕 아예 되돌아갈 여유 자체가 안 되면 어쩌나. 민혁이도 벌써 정신 차려서 졸업 준비를 하고 있는데, 이제 자기가 갈 길 찾아서 나아가고 있는데 난 뭐 하고 있나 싶고요……. 이런 생각이나 하고 있으니까 편두통이 심해졌나 봐요..」

은희는 겸연쩍다는 듯이 말을 맺었다.

「은희야.」

「네, 이모.」

「너도 알다시피 나는 유도를 굉장히 잘했어.」

「그야 한때는 아시아 여자 중에서 두 번째로 잘하셨죠.」

「두 번째라니? 심판 때문에 진 거지, 사실상 무승부였어. 거의 금메달이었다니까?」

「네, 네.」

은희는 대충 넘어가기로 했다.

「그때 아시안게임 끝나고 나서, 대표팀 코치님이 나한테 제안을 하셨어. 해외로 유학을 가서 좀 더 기량을 키워 보지 않겠냐고. 그래서 세계선수권대회에 나가고, 올림픽에도 출전해 보지 않겠냐고 그랬지. 당연한 말이긴 했어. 여자 선수치고 그 나이 때 그 정도 성적 거두는 사람이 많지 않았거든. 나는 당연히 갈 생각이었어. 올림픽에서 금메달 따면 가문의 영광이잖아. 국위 선양도 되고.」

「맞아요. 연금도 나와서 노후도 걱정 없고요.」

「그게 핵심이긴 하지.」

엄마가 음흉한 톤으로 말했다.

「그런데 안 가셨네요?」

「응, 갑자기 결혼을 해 버렸거든. 길거리에서 굴러먹던 화물차 운전수 하나랑 눈이 맞아 버려서…….」

「앗, 아아.」

전화기 너머에서 은희의 탄식인지 감탄인지 모를 소리가 들려왔다.

「코치님이 얼마나 어이없어했는지 몰라. 그야 결혼하고 애 낳고나면 사실상 커리어가 끝나는 거거든. 유도를 할 수야 있다고는 해도 몸이 예전 같지 않을 테니까. 더 나가서 어머니 아버지는 피가 거꾸로 솟아서 내 얼굴도 안 보려고 하셨어. 전도유망한 유도 엘리트의 길을 걷던 딸내미가 웬 개뼈다귀 같은 놈한테 낚여서 신세를 망치려고 드니까.」

「그건, 저라도 그럴 거 같아요.」

「나라도 별 차이는 없었을 거야. 그런데 그땐 정말 어쩔 수 없었거든. 그 비전 없고, 추레하고, 싸움에서도 나한테 지는 그 젊은 남자랑 결혼할 수밖에 없었어. 꼭 그래야 했던 이유가 뭔지 아니?」

「치명적인 약점을 잡혔다거나.」

「아니야.」

「그럼 뭔데요?」

「그런 건 없었어.」

「네?」

「꼭 결혼해야 하는 이유 같은 건 없었어. 반드시 그 사람이어야 하는 이유도 없지.」

「그럼요?」

「그냥 하필이면 그때 그런 일이 벌어졌을 뿐이야. 사람의 감정이라는 게 그렇지. 본인이 아무리 애써 봤자, 이미 생겨 버린 마음은 어쩔 도리가 없으니까……. 알겠니? 사랑은 원인이 있고 결과가 있는 사건이나 알고리즘 같은 게 아니야. 수학 공식처럼 어떻게 하면 반드시 어떤 값이 나오는 것도 아니지. 그냥 현상이야. 아주 가끔씩 외로운 우리에게 닥쳐오는. 그러면서 아주 소중하고 의미 있는, 말하자면 날씨 같은 거지. 살다 보면 당장 메말라 죽을 것같이 푹푹 찌는 날이 있고, 하루 종일 비가 내려서 흐릿한 날도 있어. 산책하기 좋을 것 같아서 신나게 밖에 나갔다가도 예고 없이 닥치는 소나기는 어쩔 수 없어.」

「날씨라고요.」

은희는 속삭이듯 되물었다.

「그래. 우리가 해야 할 건 이미 일어난 사랑에 왈가왈부하는 게 아니라, 그 사랑을 어떻게 받아들일지 고민하는 일이야. 소나기가 쏟아진다고 해서 우산을 안 가져온 걸 후회하지 마. 알고 보면 그럴 필요가 하나도 없거든. 함께 비 맞을 사람이 곁에 있으면 더더욱……」

39

　여느 날과 다를 바 없는 아침이었다. 민혁은 일찌감치 큰길로 나와 택시를 탔다. 어딘가 간다면 꼭 창가에 앉아서 가는 편이 좋았다. 가을 하늘은 티 없이 푸르렀다. 차마 구분하기 힘든 강줄기가 기다란 교량 아래로 잔잔하게 흘렀다.

　평일 오전치곤 사람이 많았다. 각자 넙데데하고 울퉁불퉁한, 또 두툼하게 부풀어 있는 짐 꾸러미를 메거나 끌며 줄을 서 있었다. 민혁이 둘러맨 가방은 그에 비해 초라할 정도로 작을 뿐 아니라 내용물이라고 할 것도 별로 없었다. 휴대폰 충전 어댑터와 호환 가능한 케이블, 갈아입을 팬티와 양말이 하나씩, 손바닥 크기의 수첩과 필통 그리고 가는 동안 읽을 소설책 한 권이 고작이었다.

　「짐은 이게 다예요?」

　보안 검색 요원이 민혁의 몸에 금속 탐지기를 갖다 대면서 물었다.

　「네, 그게 다예요.」

「여긴 국제선밖에 없는데.」

「알고 있어요.」

「하하, 알았어요. 외국 나가는데 이렇게 조촐한 짐은 또 처음 봐서. 신기해 가지고……. 어, 잠깐만.」

요원이 금방 지나가려던 민혁을 멈춰 세웠다.

「네?」

「무슨 책이에요? 방금 집어넣은 거.」

요원이 엷은 미소를 지으며 물었다. 민혁은 선뜻 가방에 집어넣었던 책을 도로 꺼내 보였다.

「아아아, 《데미안》. 좋은 소설이죠? 그럼 조심히 가세요.」

「네, 이모. 수현이 목욕시키느라 늦게 받았어요. 무슨 일이세요?」

「아, 은희야, 혹시 민혁이 거기에 있니?」

엄마가 짐짓 다급한 어조로 물었다. 은희는 당황하며 대답했다.

「음? 민혁이가 여기에 왜 있어요? 저는 걔 못 본 지도 꽤 됐어요.」

「아니, 애가 일주일 넘게 연락이 안 돼. 전화도 해 봤는데 연결이 안 된다는 메시지만 나오고…….」

「에이. 뭐 도서관에 있겠죠. 밤새고 퍼질러 자느라 배터리 나간 것도 모르고 그런 거 아닐까요?」

「그런가?」

「네, 한두 번 있는 일도 아니고요.」

「그래도 아예 전화 연결음도 안 들리는 건 처음이라서……. 이걸 어떻게 해야 할지 모르겠네. 경찰에 신고했다가 진짜 도서관에서 자고 있었던 거면 어떡하나 싶고.」

「저, 그러면 제가 신랑한테 애 좀 맡기고 잠깐 도서관에 들러 볼까요? 자고 있으면 한 대 때려 주고, 이모한테 연락 좀 남겨 주라고 얘기할게요.」

「그래 줄래? 그럼 너무 고맙지. 이모가 지금 어머니 병원 모셔다드리려고 시골에 내려와 있거든.」

「아유, 뭘요. 별일도 아닌데요. 이모가 도와주신 거에 비하면 새 발의 피죠.」

「……까지 가는 항공 010편입니다. 도착지까지의 비행 시간은 경유 시간을 포함해 약 열여섯 시간으로 예정하고 있으며, 기타 운항에 관한 자세한 사항은 이륙 후 기장의 안내가 있을 예정입니다. 지금부터 안전을 위해 좌석 벨트를 매 주시고 좌석 등받이와 테이블을 제자리로 해 주십시오…….」

이륙을 앞두고 기내 방송이 길게 이어졌다. 민혁은 이코노미 클래스의 중간 열 창가 자리에 앉아 있었다. 저가 항공편이었던 탓에 좌석은 하나같이 비좁고 불편했지만, 그 와중에 민혁의 옆자리는 예약이 되지 않았는지 공석인 채로 출발했다. 덕분에 민혁은 허리와 어깨를 쭉 펴고 바깥 경치를 감상할 수 있었다. 어쩌면 예약이 안 된 게 아니라 늦잠을 자서 못 탔을 수도 있겠다는 생각이 들어 헛웃음이 났다.

기체는 활주로를 떠나 공중에 접어들었다. 창밖의 인천공항은 시시각각 작아지다가, 못 보던 사이 안개 뒤편으로 자취를 감췄다. 고개를 쳐든 항공기가 상승기류를 탔다. 이윽고 머리통을 구름 위쪽으로 내미는 것이 꼭 바다 표면까지 거슬러 올라온 물고기 같았다.

시간이 흐르면 가파른 비행 궤도도 평행에 가까워질 것이다. 그러다 고꾸라져 떨어지고, 다시 떠올라 부유하기를 무한히 반복할지도 모른다. 시간도 사랑도 다 지나간 다음에야 이름이 생기니까. 그래. 사랑인지 아닌지는 확실히 몰라. 누구도 모르지. 그래도 계속해서 가까워질 거야. 열여섯 시간에 걸쳐 널 향해 날아가고 있는 지금처럼. 한없이, 하염없이……

'정말 여기인가?'

당연한 말이지만, 은희는 B대 캠퍼스의 구조에 대해 전혀 모르고 있었다. 물어물어 마침내 중앙도서관을 찾아냈을 때도 몇 분이나 긴가민가했다. 심지어 도서관 건물 내부에 들어간 뒤로도 부단히 헤맸는데, 결국 맨 처음에 봤던 지하철 개찰구 비슷한 것이 열람실 입구라는 사실을 깨닫고 부아가 치밀어 올랐다.

여름 학기가 끝난 열람실 내부는 고요하다 못해 휑했다. 그 시기엔 얼마나 찾는 학생이 드문지 원래라면 출입구를 지키고 있었을 경비원조차 자리를 비우기 일쑤였다. 그 덕에 B대 학생이 아니었던 은희도 아무 탈 없이 열람실에 들어갈 수 있었으니 다시 봐도 참 기막힌 타이밍이었다.

'항상 앉던 자리가 66번이라고 그랬지. 66번, 66번……. 아, 저기구나.'

민혁의 비공인 지정석은 열람실 내부에서도 퍽 깊숙한 곳에 위치해 있었다. 다만 은희가 도착할 무렵엔 자리에 아무도 앉아 있지 않았다.

항상 꽂혀 있던 수학 교재나 두꺼운 이면지 더미도 보이지 않았다. 66번은 물론 그 주변 좌석도 사정은 비슷했다. 민혁 비슷한 학생은 고사하고 사람이 있었던 흔적조차 눈에 띄질 않았다. 무릇 시험이 끝난 대학 도서관이란 그렇게 공허한 법이었다.

은희는 무음 모드로 다시 한번 민혁에게 전화를 걸었다. 여전히 신호가 가지 않았다. 이놈이 정말 실종된 건가, 하는 생각에 등줄기가 오싹해져 가던 시점이었다.

무언가 단서가 있을까 싶어 책상 구석구석을 살펴보던 은희에게 엉성하게 남겨진 메모 하나가 눈에 밟혔다. 은희는 어쩐지 조심스럽게, 또 지나치게 천천히 고개를 수그리며 다가갔다. 그러자 곧 초점이 잡히고 글자가 읽혔다.

B대학 중앙도서관 자유열람실 66번 책상 오른쪽 끝에는 이렇게 적혀 있었다.

$$Love = \lim_{ego \to 0} \frac{1}{ego}$$

사랑에 관해;

있는 그대로의 당신에게는 무한한 사랑이 존재하지 않는다. 나는 놀라운 방법으로

이 정리를 증명했지만, 책상의 여백이 너무 좁아 여기에 옮기진 않겠다.

사랑의 극한값

어떤 사랑의 확률

1판 1쇄 인쇄 2020년 8월 26일
1판 1쇄 발행 2020년 9월 1일

지은이   이묵돌

펴낸이   김봉기
출판총괄 임형준
편집   김하늘
디자인   [럭키팽거스] 장광영
마케팅   김보희, 정상원, 이정훈, 유시아

펴낸곳   FIKA[피카]
주소   서울시 강남구 삼성동 154-11 M타워 3층
전화   02-6203-0552
팩스   02-6203-0551
이메일   fika@fikabook.io
등록   2018년 7월 6일 (제 2018-000216호)

KOMCA 승인필

ISBN   979-11-90299-13-8